U0909417

给大壮的信

苗炜 著

译林出版社

图书在版编目（CIP）数据

给大壮的信 /苗炜著．—南京：译林出版社，2019.5

ISBN 978-7-5447-7635-6

Ⅰ.①给… Ⅱ.①苗… Ⅲ.①书信集－中国－当代 Ⅳ.①I267.5

中国版本图书馆 CIP 数据核字（2018）第 292326 号

给大壮的信　苗　炜／著

责任编辑　陆志宙
装帧设计　一千遍工作室
校　　对　张　堃
责任印制　颜　亮

出版发行　译林出版社
地　　址　南京市湖南路 1 号 A 楼
邮　　箱　yilin@yilin.com
网　　址　www.yilin.com
市场热线　025-86633278
排　　版　南京展望文化发展有限公司
印　　刷　恒美印务（广州）有限公司
开　　本　787 毫米 ×1092 毫米　1/32
印　　张　7
插　　页　2
版　　次　2019 年 5 月第 1 版　2019 年 5 月第 1 次印刷
书　　号　ISBN 978-7-5447-7635-6
定　　价　39.00 元

给大壮的信

目 录

其二
过一种审美的生活

其三
过一种有道德感的生活

其四

家

序言　妈妈的话

你出生以后就进了NICU，右手腕缠着厚厚的纱布包住输液管和小拳头，医生说你血项里有一个指数高，记不清是哪项了，大概就是有感染的意思，怀疑是产程过长，羊水污染而致，需要输几天液把指数降下来。

我生你的时候三十六岁，按生育标准属于大龄产妇。都说顺产对胎儿好，就奔着顺产去。谁也没想到，在产床上开到十指也没顺下来。医生使出各种招数，换姿势，停无痛，上催产，喊节奏，用手助产，都没用，你就是不出来。我不知道你为什么不肯出来，你已经在我肚子里多待一周了。我疼得死去活来，你爸手足无措地站在一旁，他什么忙也帮不上，还要承受巨大的心理冲击，真希望他当时没看见这一幕。仪器监测到你的心跳开始变弱，他们把我推进手术室。

剖的时候情况紧急，麻醉医生给我注射麻药之后反复问，感觉到吗？还疼吗？我说疼。还疼？已经注射最大量了。疼！疼！就这样，他们把你从我肚子里拽出来时，我能清晰地感觉到强力的拉扯感和剧烈的疼痛。可我现在已经不记得那种疼痛的准确感觉，只记得我的腿控制不住地抖成筛子，还有听到你哇的一声哭出来之后的如释重负，我想抬头看看你，但眼皮很快就合上了（也许那时候麻药才起作用吧）。醒来后我问你爸：他好看吗？你爸说：好看。

我想你也应该好看。

我抻头看你，小小的一只，躺在透明婴儿床里，手上缠着纱布闭着眼呼呼睡。我感觉心突然揪了一下，同时又有点害怕。你姥姥在我床边红着眼圈，她哭了一夜。她当然为你的出生感到高兴，但她更心疼她闺女遭了罪。那一刻，我忽然理解了做母亲的感受。

从前，你姥姥生我气的时候，经常会说我小时候如何顽劣，她如何含辛茹苦之类的话，我一听到这些话就心生厌烦。人们不会记得自己婴儿时期的事，童年的记忆也会随着时间的推移逐渐支离破碎，幸福的点滴固然珍贵，但要说印象深刻，多半都是创伤性回忆。“那个孩子跟现在的我有什么关系呢？我完全不记得！”以前我会这么想，而现在，我可以很耐心地听她发牢骚了。

你知道，人的记忆很不可靠，我现在回忆一两年前发生的事，也要很费力地在脑海中搜索，它们全都是一个个碎片。那些存下来的碎片，既逼真又陌生，如果不妥善保存，它们会变得越来越模糊。我给你拍了很多视频和照片，手机内存快满了，舍不得删。你出生第二十六天，护士给你洗完澡，把你放进充气泳池里游泳，脖子上套一个救生圈，你在里面两腿乱蹬，不一会儿水面上漂起了一片鸡蛋花，人生第一次游泳就拉屎。九个月大，我们带你去参加爬爬比赛，你哪知道什么是比赛啊，只知道前面有妈妈，你要爬向她。你得了第二名，奖品是一块磁力写字板，我抱着你一脸得意。一岁生日，你抓周抓了一根大葱，那天你没收到什么礼物，我倒是给自己买了个漂亮的杯子，我每天都用那个杯子喝水，告诉自己这是我送给你的生日礼物。这些我都录下来了，没事儿就翻出来一遍遍看，反复确认你的成长印记，并希望将这些印记植入到脑子里。

我还开始学做蛋糕，买了各种家伙事儿，试验不同的配方，有些带巧克力咖啡朗姆酒的蛋糕你现在还不能吃，但我都学着去做，等你再长大一点，我的手艺会更好。你看到我在厨房折腾，也喜欢上了锅碗瓢盆。据我观察，至今你好像就没喜欢过什么正经玩具，只对锅碗瓢盆和家务活着迷。

不过，你最近越来越有脾气，动不动就崩溃。一有机会就去按抽水马桶，或打开水龙头，把手伸过去抓那股水流。有时我会看着你玩几分钟，然后说走吧，不要浪费水了好吗？你倔强地一扭身子，头也不抬，摆出不合作姿态。我把你抱走，你立刻惊声尖叫，还使劲咬我肩膀。把你放下，你伏在地上哭得痛不欲生，肝肠寸断。如果我继续不理你，你还故意用头撞地，但我看你也没那么傻，因为你只在有垫子的地方撞。我问你爸，这是到T2阶段了？不是还没到两岁吗？你爸就笑，说，你看咱两个都不听大人的话，所以就来了这么个孩子。

你的每一个阶段对我们来说都是新奇的，对未来充满好奇，大概是人活于世最大的动力吧。我有时会想，你到了青春期，会故意和我们疏远吗？会假装没有感情？会冒出许多危险的想法吗？如果我阻止你打游戏，你大概还会恨上我吧。就像现在我不让你干什么，你就气得直打滚儿。这些只是一闪念，更多的时候，我还是觉得美滋滋的，一种幸福感，不是满得一下子溢出来，而是一点一滴积聚。

一位英国老教授艾伦·麦克法兰，给他外孙女写了一本书，叫《给莉莉的信》，里面提到"万事非体验不为真"。他说：你几乎不可能想象爱情或饥饿是什么样的感觉，除非你亲身体验了它。我希望，当这类体验降临时，你手边有这本书，会带你把它们放进一个大语境，让你明白你并不孤独。

你爸爸给你写这些信，也是这个意思。这些信里，会讲一些大道理。这些道理，有时看起来是矛盾的，比如要快乐地成长，可悲伤又不可避免，比如要考虑他人的感受，又不用特别在乎他人。我估计你到了可以阅读的年纪，也不一定能看得懂你爸在说什么。他回述自己的成长，是想，或许将来有一天，你遇到某些麻烦的时候，可以透过他的体验，知道自己并不孤独。我们希望你能过一种智识的、审美的、有道德感的生活，这是我们能想象到的最好的生活。

你的生活有很多种可能，一点点长大，面对的问题会越来越多，我们要关心和絮叨的东西可能也会增多，不过在最开始，我们关心的问题只有两个，吃得好不好，睡得好不好。不论你多大，不论以后面对什么事，我想，这都是两个最基本的建议，好好吃饭，好好睡觉。

你以后肯定会问，我是怎么来的。你就是这么来的。

两年前那个夏天，我肚子已经很大了，每个夜晚，我和你爸走很长的路，你爸总是问："我儿子干嘛呢？"我说："打嗝儿呢。"他一脸狐疑："你怎么知道他在打嗝儿呢？"我能感觉到。下一次他还问，我儿子干嘛呢？他是怎么打嗝儿啊？你在我肚子里左蹬右踹的时候，我就给他看，肚皮这一秒朝左歪过去，下一秒右边又高起来一块，他一脸惊奇。他想象不出肚子里有个会动的生物是一种什么样的感觉，这是属于我的独特体验。人的一生中有许多难得的体验，对一位母亲来说，生孩子肯定是其中最重要的一个。2016年立秋那天，去医院待产的路上，雨水顺着汽车挡风玻璃流下，空气里有股清冽的气味。第二天，我睁眼向窗外看，艳阳高照，天空很大，很蓝。你在我身边。

佳 凝

其一
过一种智识生活

数学归纳法

小学五年级时，我大概是班里最聪明的学生。有一天，老师出了一道很难的应用题，班里没有人能做出来，等到放学的时候，我不肯回家，一个人待在教室里苦思冥想，终于解题成功。我穿过操场，到老师的办公室宣布，我做出来了。太阳正下山，校园里有一层金黄色的光泽，那真是智慧闪光的时刻，到现在我都记得。过了一年，我学会了设未知数，小学应用题一下变得简单了。小学的应用题，是要捕住一条不断游动的鱼，想办法靠近它，却不知道路径在哪里，学会设未知数，那个X就清晰地摆在面前。那是一种豁然开朗的快感。

到了高中，学校里的聪明人太多了。有位师兄，自己在家钻研电镀技术，保送清华大学化学系，在校园里做报告。有的同学，参加数学竞赛，拿奖如探囊取物。我曾自以为聪明，却被同学们的智力碾压，于是把兴趣都放在徐志摩身上，数学成绩是倒数的。有一次上数学课，老师在黑板上出了一道题，叫我上去解答。那道题不难，我做出来了，老师说：你们看，连苗炜都能把这道题做出来。全班哄堂大笑，我也跟着笑，并不觉得受到了多大的羞辱。

我的数学成绩糟糕，但也能在学习中得到乐趣。让我印象最深的是数学归纳法，简单来说，一个命题在n等于1的时候成立，假设它在n等于k的时候成立，再看它在n等于k加1时能否成立。这是一种绝妙的推导方法，我说不出来数学归纳法为什么是正确的，但特别喜欢它严丝合缝的逻辑。所谓理性，就是在某几个公理之下，可以推导出一个又一个定理，每一个定理都是可以推导的，这就是世上最讲道理的事情。我在数学归纳法中看到了理性的光芒，我总盼着考试卷子上能有一道题是用数学归纳法证明的，如果有，我就非常高兴，如果没有，我就非常沮丧。我实在太喜欢数学归纳法了。

像我这样没有天分的学生，居然在大学里念了一年数学系，我学了微积分和立体解析几何，会用求导数的方法解决一些高中的数学题，那真是高屋建瓴啊。学一点儿高等数学，再看中学数学课本，就会有一种俯瞰的视角。有一个德国的数学教授，一百年前写过一本书叫《高观点下的初等数学》，是让中学教师以更高的观点来看待中学的数学课，观点越高，事实就显得越简单，实数领域难理解的问题，等你明白了复数是咋回事，回头再看就觉得太简单了。高等数学引入了理解起来稍微困难一点儿的思想，却使真正复杂的难题得以简化，解决起来更容易，这是关于数学的一个悖论，但在别的地方也能碰到这种情景。

我知道，世上有一些极端聪明的人，在求学时期，就能以极高的智力俯瞰他的同学、他的师长乃至世间事，比如凯恩斯，比如维特根斯坦。后来他们的研究，大概也可以说是高观点的经济学和高观点的哲学。有一年我去剑桥采访，专门去拜访了维特根斯坦的墓地，说实话，我看不懂他的书，但知道世上有这样绝顶聪明的人，就会心生敬畏。我不奢望你成为那样的聪明人，但希望你以后在某些地方能用高观点来看待事物，纷繁事物会变得简单一点。还有就是，知道世上诸多领域有许多高明的人，能让我们更谦虚，更爱学习。

我现在还会设未知数，但未必能做出什么应用题了。还记得数学归纳法，也未必能用它证明最简单的命题，微积分更是一点儿不记得了。但是，未知数、数学归纳法、微积分曾经带给我的快乐，还像是不停闪烁的光芒。我希望你的智力生活中充满这样的光芒。这其实非常非常不容易，你要识数，会数一、二、三，然后知道一根香蕉加两根香蕉等于三根香蕉，在小学一年级会学算术，把香蕉忘掉，只管一加二等于三。要用半年的时间学会加减乘除，看到两位数、三位数不再害怕。学上好几年，忽然要用a和b来代替具体的数字进行运算，课程叫作代数了，你就会抽象地看待事物了。你把四则运算都弄明白了，忽然有一天，要学负数了，原来都是三减去一，为什么一还能减去三呢？优秀的数学老师会告诉你结合律、单调律之外，还有一个重要的法则叫“运算恒可进行”，一能减去三，负一还能求平方根呢。学了十年的算术和数学，才知道什么叫虚数，才会知道，一个函数会是一条线，一个方程式是一个马鞍面。这个过程极漫长，得到的乐趣又是极大的，大到能在你内心充盈几十年，就像我现在，还念念不忘数学归纳法。

我希望你得到这样的乐趣，我此生的遗憾就是这样的乐趣得到的太少了，丢弃得太早了。

伟大的英国爹

我很早以前看过一个报道说，温布尔登俱乐部入口处刻着一句话：何时你能坦然面对胜利与失败，并将这两种假象等同视之。我折服于这句话中蕴含的真理，搜索了一番，得知这诗句出自英国作家吉卜林。2012年，我去伦敦看奥运会，有一天的安排是去温布尔登看女子网球的四分之一决赛。那天，我在各个球场的入口处转悠，就想看看到底哪里刻着这句诗。找了一圈也没看到，而后在纪念品商店里转悠，店里陈列着温网百年历史的图片，却没有相应的纪念品，奥运期间他们只能卖那些奥运特许产品，而奥运特许产品有一种快速消费品的廉价感。正无聊呢，抬头看见屋里横梁上嵌着一块木匾，灯光照射其上，赫然刻着：If you can meet triumph and disaster and treat those two impostors just the same. 这就是吉卜林的诗句，出自他给自己十二岁的儿子写的那首诗，诗的名字叫*If*，通篇都是对儿子的期望。

英国有几个了不起的好爸爸。其中一个叫肯尼斯・格雷厄姆，他的儿子外号叫耗子，耗子四岁的时候，肯尼斯每天晚上都给他讲故事，故事的主角都是动物——蛤蟆，鼹鼠，水鼠，等等。耗子七岁的时候，去参加夏令营，肯尼斯就用书信的方式接着给儿子讲故事，他一篇篇写下来，就成了一本书，叫作《柳林风声》。另一个好爸爸叫托尔金，他是牛津大学的教授，研究古英语和北欧语言，他自创了一种精灵语言，虚构了精灵族群，他每天晚上给孩子讲故事，这些故事就成了《精灵宝钻》和《霍比特人》，他还假冒圣诞老人给孩子写信，写了十多年，讲圣诞老人在北极圈里的生活。这两个爸爸肯定是特别爱他们的儿子。

还有一个伟大的英国爹是老穆勒，他的儿子叫约翰·斯图尔特·穆勒。老穆勒是一个文人，前半辈子都以卖文为生，写了一本《英属印度史》。小穆勒三岁时开始学希腊语，接着就读《伊索寓言》《回忆苏格拉底》等希腊作品。八岁学拉丁语和数学，接着读维吉尔的诗和西塞罗的演讲，读《罗马史》，还在父亲的指导下学着写诗。穆勒一家住在英国乡下，每天早上老穆勒带着儿子一起散步，儿子就把头一天的阅读做一番口头汇报。十二岁，小穆勒读李嘉图的政治经济学，和老穆勒讨论书中内容，这已经算是接受高等教育了。到十四岁，小穆勒学成毕业。他后来成为一个大学问家。1859年，达尔文出版《物种起源》那年，小穆勒出了一本书叫《论自由》，我们今天笃信的一些观念就来自这两本书。

老穆勒大概也爱儿子吧，但他过于严格了。他相信正直和节制的价值，鼓励孩子一生悬命，不要放纵和懒惰，他认为生活中的失败，大多来自对快乐的过高估计。像典型的英国人那样，他不太流露自己的情感，却深知一个人若失去旺盛的好奇心，生命就会变得枯竭。老穆勒对儿子期许过高，逼着他走上学术之路，弄得儿子一度精神崩溃，靠文学之美和妻子的爱，才缓过劲儿来。小穆勒著有一本《我的知识之路》，其中说到，仅凭温柔的言语，无法让一个孩子投身于枯燥单调的学习，如果教育总是提倡简单有趣，那么孩子学到的也就是一些肤浅的东西。

自打你降生之后，我就感到沉甸甸的责任，我能像肯尼斯和托尔金那样耐心地给你讲故事吗？我能像老穆勒那样在学业上给你切实的指引吗？我有充沛的爱吗？我能激发你的想象力和好奇心吗？我该怎么督促你好好学习天天向上呢？我能在哪些方面成为你的榜样呢？我可能有点儿多虑，其实也不算太多虑，以前我也知道托尔金和小穆勒，但没有从父子关系的角度去了解他们的故事。以前我觉得《柳林风声》和吉卜林的冒险故事太幼稚，现在会拿起来看，准备讲给你听吧。

回到吉卜林的诗，把成功与失败都视为幻象，我当年读这句诗，知道自己做不到这样超脱。如今倒是明白，一个人所期望的目标不一定要用现实中的成败来衡量，总有些价值是跨越千百年的，去追求那些有价值的事情，人就不会太俗气。吉卜林的这首《如果》，每一句诗都像是一道判断题，能做到的地方我就打个钩，不能做到的地方就打个叉，我们来看看他都说了些什么。

诗中有这样一句：Don't look too good, nor talk too wise. 这条准则带有鲜明的英国特色，不要着华服，徒具其表，不要夸夸其谈，要行为及言谈都低调。这是我最喜欢的英国做派，等你的认知稍微复杂一些，你就会知道，这种低调中蕴含着多丰富的东西。一个人能做到低调，是因为他有一个高标准，他有见识，知道世上的好东西是什么样子，这样才不会干了点儿屁大的事就洋洋自得。

有几句是强调意志力的：你耗费心血所构建的东西，有一天会塌陷，那就把它们再建立起来。身上一无所有，唯有意志在高喊：顶住。

我们会面临很多失去：And lose, and start again at your beginnings. And never breath a word about your loss. 这一句要做到非常之难：never breath a word about your loss. 有时候我们免不了要说一些怨天尤人的话，直到身边的人开始讨厌

我们，才发觉自己说得太多了。

不过，大体而言，凡是自己能做到的，都还算容易。难的是与他人相处，我抄几句原文吧：

If you can keep your head when all about you. Are losing theirs and blaming it on you.

If you can trust yourself when all men doubt you. But make allowance for their doubting too.

Or being lied about, don't deal in lies. Or goodbeing hated, don't give way to hating.

人是一种社会性的动物，我们都要成为一个“社会人”，如果周围有人精于算计利欲熏心，我们就要承担做一个好人的风险。吉卜林的这首诗有太多和人相处的道德劝诫了，好像在鼓励他的儿子去当学生会主席啥的，我估计你会感到厌烦，可我们还是要学会与他人相处，我们这里的人实在太多了，有十多亿，比整个欧洲的人还要多。人多了，人与人之间就很难做到温柔相处，人与人之间的关系就会耗费你很多的精力。人多嘴杂，吉卜林诗中有一句：If you can bear to hear the truth you've spoken, twisted by knaves to make a trap for fools. 我不太喜欢这句，有点儿自以为是。要我说呢，不要觉得自己所说的就是真理，要时刻怀疑自己可能是错的。吉卜林絮絮叨叨说了这么多，你或许有点儿不耐烦，但他也说了破解之道：If all men count with you, but none too much. 顾及所有的人，但也别把谁太当回事。是的，别把任何人太当回事。

人生识字忧患始

有一个笑话，说小明第一天去上学，下午放学回家，妈妈问，小明，今天第一天上学，感觉怎么样？小明回答，还可以，就是学得还不够多，明天还要去。这个笑话的好玩之处在于，小明哪里知道，明天的明天他还要去，下个月还要学，一年后学得还不够多。他至少要上十二年学，也许要上二十年呢。对于一个七岁的孩子来说，十二年、二十年是很难理解的一个时间跨度。

你有几位叔叔大爷，较早生儿育女，这两年，儿女都到了十八岁，有去剑桥读哲学的，有去波士顿读建筑的，有去了伦敦国王学院的。还有几位叔叔大爷，儿女也不小了，有在景山上高二的，有送去美国读书的，有准备去香港考SAT的。听到这些消息，我总会想，你在哪儿上小学？在哪儿上高中？上哪儿去读大学？以后最不济也能去英国念个硕士吧？我想得太多了，想得太早了，但这份焦虑在心中挥之不去。你爹不是一个好学生，不过呢，你爹对教育和学校还是有一些看法，说给你听听。

有一个词叫“人类之子”，我想解释一下。三千年来，人类创造了不少文明，比如古希腊哲学，比如物理学，再比如天文学，这些文明都是好多聪明人，历经几百年上千年的努力，才慢慢摸索出来的。所谓人类之子呢，就是大体上知道历史上那些了不起的人物都干了啥，牛顿干了啥，哥白尼干了啥，斯科特船长干了啥。如果你有足够的天资，你就能继承前人的伟大事业。如果没有那份天资，也得先明白个大概。上完高中，就能明白个大概。想知道得多一点儿，精一点儿，就得上个大学，选一个感兴趣的专业。进了大学的门儿，差不多算是个人类之子。从三五岁还尿床的懵懂小儿到十八岁能去学历史或地理的准人类之子，这十来年间发生的变化，堪称神奇。要想完成这神奇的变化，靠你爹给你讲故事是不行的，你得去上学。

不过学校这个地方呢，总免不了有坏老师。我上小学三年级的时候要上外语课，没有英语老师，不知道从哪里富裕出来一个西班牙语老师，教我们西班牙语。我不知道怎么得罪了这个老师，有一次考试，她非说我作弊了。那次考试我大概得了九十八分，向你保证，我绝对没有作弊。但那个老师非说我偷看了课本，还胁迫我后排的两个同学作证，那两个同学平时老实巴交的，慑于老师的淫威，都说我偷看了。崔健有一句歌词是，我的心在疼痛，像童年的委屈。我长大后明白，世间有颠倒黑白的事，但十岁时被当成一个作弊说谎还抵赖的孩子，丧失清白，是非常操蛋的体验。我这样敏感脆弱的人，不想让你受这样的委屈。

你有一个叔叔叫黑麦，每到教师节的时候就问候他初二的班主任死了没有，也不知道这是多大的仇。我初二时最恨的是一位政治老师，有一次我调皮捣蛋，被他抓到，要我写五千字的检查。四百字一页的稿纸，我真的写了十二页半，就是写这份检查，让我发现了我的写作才能，也发现了那位政治老师，实在一点儿才能都没有。要说学校里哪一门课程最让我厌恶，那就是政治课。我长到十来岁，对人类文明有了一丁点儿的了解，随后就认识到，我们那时的课本对人类文明是一种怎样的轻蔑态度，课本上会贬低唯心主义哲学，把贝克莱和笛卡尔说得像傻瓜一样，也瞧不上康德和黑格尔。我觉得，能出现在中学课本上的人物，哪怕只占据两三行，都是文明史上了不起的伟大人物，他们的智慧都有闪光之处，一个好教师应该给我们指出那些闪光之处，让他们连缀起来。说来惭愧，你爷爷以前就是一位中学政治教师，每次开个什么大会，你爷爷就学习领会一通，然后总结出政治考试会考什么样的题目。这样的题目呢，有效期也就一年。回头再开个大会，就会有新题目和新的标准答案出来。这样的学习，有非常短的目的性。你爷爷也知道这种东西实在算不得什么学问，所以总跟我说，学好数理化，走遍天下都不怕。他说的没错，但以我的经验来说，人生最重要的三门课不是数理化，而是音乐、体育和美术，你不仅要在学校里学这三门课，离开学校还要接着学。

有些孩子，从小上双语幼儿园，看世界名著，拉小提琴或跳芭蕾舞，爸爸妈妈还带着去博物馆，然后上学，上到大学，毕业后找了个工作。成年之后就再也没看过一部托尔斯泰，也不去博物馆了，改去电影院了。也不学小提琴了，改唱卡拉OK了。他们受了二十年的教育，可他们还有四五十年的寿命呢。你要知道，学一年的世界历史，不是为了完成考试，而是要掌握一些比喻才能，当别人说到尼禄或恺撒时，你能知道他们是什么样的人。上六年中学，也不是为了高考，聪明的男生应付高考，只要在高中好好学两年就足矣。马克·吐温爷爷有一句名言：I have never let my schooling interfere with my education（我从来不让学校干扰我的教育）。我会尽量让你上一个好学校的，但你要知道，学校只是你受到的教育中的一部分，把你从一个懵懂小儿变成一个人类之子，没有优秀的老师和严格的规矩是不行的。但是，过一种智识生活，这是一辈子的事儿。我向你保证，在知识的探求中获得满足，这事儿特别来劲。

一种特别厉害的寂静

我很小的时候，坐在自行车后座上，跟着我爸爸去他的学校。路上经过一片水域，就是现在的柳荫公园，当年觉得那片水很辽阔，对岸都是模糊的，现在看就是一个小池塘。我爸爸的同事亲切地称呼他为“瞎子”，他得了一种病叫“视网膜萎缩”，要用放大镜看报纸，他还有一本很大的笔记本，在上面写的字歪歪扭扭。所以，他应该很早就失去了阅读的乐趣。1975年，社会上在批判《水浒传》，我爸就让我妈读《水浒传》给他听，我对鲁智深倒拔垂杨柳那一段印象最深，街上遇到刚栽的树苗，就上去试试能不能拔出来。我还看到一本小人书叫《投降派宋江》，扉页上印着毛主席对《水浒传》的评价。

那时候家里有一个书架，最上面是四本精装的《马克思恩格斯文选》，白色封皮的《列宁选集》，还有《毛泽东选集》。中间那层有几本黄黄的《中华活页文选》，有《红岩》和《欧阳海之歌》，下面那层有一本《纪念鲁迅先生》，还有一本书叫《送瘟神》，我对当代中国知识分子的了解大多启蒙自那本《送瘟神》。

后来，能看到的书渐渐多起来，有小人书《西游记》和

《杨家将》。我在邻居小朋友家里第一次看到《丁丁历险记》，忘了是哪一个故事了，只记得有船有海，也还记得那个晚上我心中的激荡，似乎第一次明白"世界"这个词意味着什么。还有一天早上，刚下过雨，街上湿漉漉的，我爸爸带着我去书店，预定了一套《七侠五义》。他想让我多看书，每周，他都会带我去他那个学校的图书馆，我在里面晃悠半小时，挑三五本书借回家。也就一两年的光景吧，我走进那个图书馆里，就觉得再没有什么书是我想看的了。

你爷爷不喜欢我看《红楼梦》和巴金的《家》《春》《秋》，他说那些书看了会让人伤感、萎靡，那时候说人萎靡，差不多就是经常手淫的意思。可是呢，有一年，他给我买了两本内部发行的《金瓶梅》，是洁本，放在书架最上面，我翻了翻，比《水浒传》差远了。他还给我买过一册《弈林新编》，是象棋的棋谱，我看了有二十页，以为自己棋艺精进，就找邻家一位大哥去下棋，结果被杀得片甲不留。于是我把那本棋谱扔到一边，你爷爷就念叨，我给你买了《弈林新编》，你也不认真看。那本书定价两块一毛五，他以为那么贵的书就应该像武功秘籍一样仔细研读。那时候一块钱都算是巨款了，所以这一本书要格外珍惜，其实呢，一本书就是一种可能性，你可能对它感兴趣，也可能不感兴趣，很多的书就是有很多的可能性。

我上了大学，学的是容易让人萎靡的文学，学校里有一座很大的图书馆，阅览室里总坐着几百人在读书，他们沉浸在书本里，翻动书页时动一动，像是睡眠的人在两场梦之间翻一翻身。我们有一门课叫“工具书使用法”，我学不进去，直到有一天，在古龙的小说里看到有一门功夫叫“大悲赋”，同学告诉我，这大悲赋应该是从白行简的“天地阴阳交证大乐赋”那儿偷来的词，我们就跑去图书馆三层的古籍阅览室，翻了好几本工具书，在《双梅影暗丛书》中找到了“大乐赋”的原文，我一下掌握了工具书使用法，也知道了前人保留古籍的事迹。

有一年暑假，我跑去西安看我大爷，我大爷是从北京移居西安的，爱吃炸酱面，爱喝茉莉花茶，爱抽烟，每天早上总对我说：“吃饱了饭，喝足了茶，抽两根烟，再出门转悠去。”到了晚上，洗完脚，他就说：“看看书再睡觉吧，我那个小书架上，什么书都有，都分门别类放着呢。”那个小书架只有一米高，分三层，一共就有十几本书，最上层贴着一个白标签，写着“小说”二字，放着两本《李自成》，中间层贴着“戏剧”标签，放着《红灯记》《沙家浜》几个剧本。我在那个书架前发呆，想着在小说那一层总能补上几本狄更斯，戏剧那一层可以补上几本曹禺，我真的佩服我大爷，英国作家吉辛说过，那些收藏了诗歌、文学和历史，而非自然科学类书籍的书架，属于敏感而富于想象力的聪明人。我大爷肯定是富于想象力的人。

吉辛还说，收藏了政治、社会科学、技术和任何现代思想一类书籍的书架，主人的品位就差一些，他受过一些教育，但可能是个粗鄙、奸诈的人。我不太同意吉辛的说法，书架上不能只有文学和历史，应该有大百科全书，有科学书，有许多画册，有一架人类学著作，但的确不应该有商业方面的书籍。每一本书，都暗含着一种可能性。我正在给你堆积可能性。我不能指望着你翻一下《弯曲的旅行》就爱上物理，但家里摆上丽莎·兰道尔教授的三本书，就像供奉着一个伟大的精神。我们要多供奉一些书，这些书决定你会成为一个什么样的人。这几个月，我给你准备的书架上已经有一层绘本了，我从中认识了两个了不起的作家，一个叫拜伦·巴顿，一个叫艾瑞·卡尔，他们的绘本给我带来了很大的乐趣，我会反复讲给你听的。但是我也不喜欢那种一切大道理都在绘本中的宣传，看这些肤浅的书，是为了尽早读那些深刻的书。

英国作家斯巴福德写过一本书叫《小书痴》，开头是这样的——母亲过去常说："当你坐在家里看书时，随便是在哪个角落，我总能感觉得到。因为那时候会有一种特别的寂静。看书的寂静。"斯巴福德说，那是一种极其厉害的寂静，不知怎么，就能穿过墙壁和天花板，响亮地告诉周围的人。当那片寂静飘落下来，盖过人声、车声和狗吠，一道闸门向内打开，向着书中的数据打开，读书的孩子能听见属于文本的那些声音，穿透那块由屋中各种真实的细微声响所组成的布幔。

我听到过这种特别厉害的寂静，是在少年时代的地坛公园里。有那么一阵子，我总拿着一本我还看不太懂的书，跑到地坛公园，在一棵古树下坐好，特别用力地去看书，我好像把耳朵关上了，从书本中呼吸，这样过了很久，好像忽然看懂了，四周静悄悄的，书本中有很多东西，汹涌而来，咚咚地响着。那感觉真是特别舒服，最近二十多年我也没停止读书，但未能再体验到那种特别厉害的寂静。现在，我准备好一个宽敞明亮的房间，一把舒服的椅子，我拿起书，手边有一个笔记本，钢笔里灌满墨水，你可以在家里任何一个角落拿起一本书，把那种特别厉害的寂静带给我。

万物之名

有一天，我拿着手机跟你娘念叨：嘿，看看这道幼儿园考试题目——请说出九大行星的英文名字！这题目是不是太难了？那么点儿小孩子怎么会记得九大行星的名字？你娘说：不难，就是小孩子才会记这些东西呢，他们就是从各种名词开始学习的。我偷偷搜了一下九大行星的英文名字，怀疑到小学考试的时候，会不会要让你说出希腊神话和罗马神话中众神的名字。不过，我同意你娘所说的，孩子正是从万物的名字开始学习的。

猫——我指着铁蛋哥哥跟你说。树——我指着家里盆栽跟你说。我们在小区的园子里散步，轻轻说出那些树木的名字：新疆杨、柳树、国槐、元宝枫、杜仲、白蜡、油松、银杏、梧桐，还有马蔺，马蔺是草本植物，鸢尾科。再也没有哪一种魔法能如此轻巧地将我们从烦扰的人世间带到万物生长的梦境之中，只需要念出这些树木的名字。这个园子里有九十九种植物，有好多种我也不认识。我们可以问问那位浇水的大爷，他的衬衫后面写着“园林”两个字，他告诉我们，三号楼门口那株大叶子的树叫蒙古栎。他认识园子里的大部分树木，我们时不时地问问他，就能知道得更多些。那些研究树木的专业人士说，不要执念于一棵树的名字，最早用于树木的名称都是描述性的短语，博物学家林奈确定了一套拉丁文的命名系统，然而，喜欢树木的人不必在意大叶青冈和欧洲山毛榉的种属名称，不要只关注树木的完整形态，细细观察树叶、树皮、枝条、果实，观察树木在每一个节气的变化。当你不确定你看到的究竟是哪一种栎树时，叶片的形状会帮你区分。

英国有个写侦探小说的作家叫阿加莎·克里斯蒂，她写过她家的庭院——“童年的世界是那样的美好、安宁，最使我着迷的要算庭院了。我熟悉院中一草一木。每棵树都富有特殊的意义。”阿婆的院子有三部分，先是菜园子，有木莓和青苹果；然后是草坪，上面有圣栎、雪松、惠灵顿树和冷杉；然后是白杨树林。我们没有自家的庭院，但走几步就能到大望京公园，那里每一种树木都贴着铭牌，我们可以认识山楂和紫荆。以后你会上自然课，会把一枚树叶夹在书本中，像你爹当年做过的那样，也许还会写一两个学期的自然笔记。俄国有个作家叫纳博科夫，他写过一位自然课的老师，那位罗伯森小姐带着学生在地上挑拣枫树叶，然后在一张白纸上排列出几乎完整的色谱，绿色渐渐变成柠檬黄，再变成橙黄，再从各种红色变成紫色，变成紫褐色。纳博科夫持续一生的乐趣，不是收集落叶，而是收集蝴蝶标本。

2012年5月，我和你娘去马尔代夫，住的那个小岛上有露天电影院，可以吹着海风看电影，还有一个天文台，里面有一座RCX400望远镜，就是在那里，我第一次看到了土星以及那个由碎冰晶、沙砾、尘埃组成的土星光环。我们还坐着小船出海，看到了一群一群的鲸鱼。我不知道这些鲸鱼的名字，但按照小说《白鲸》里的描绘，它们应该是乌拉鲸，这是作者麦尔维尔起的名字，因为这些小鲸鱼总是成群结队地出现，总是活泼地跳跃着，跟水手非常友好。要想看到土星，不必跑到马尔代夫那么远，河北兴隆就有一个天文台可以看星星。可你要想看座头鲸，怕是要跑到加拿大，上一条开往阿拉斯加的船。我们能亲眼看到的自然是非常有限的。我们要先在书本上认识遥远的行星，认识已经消失的恐龙。

麦尔维尔在捕鲸船上当过好几年水手，在《白鲸》里有一个章节就叫鲸类学，他将各种鲸召唤到书本中。他不同意林奈的分类法，坚称鲸就是一种鱼，只不过和其他的鱼不一样，鲸有肺，有热血。有意思的是，他用书本的大小来比拟鲸鱼体量的大小，对开鲸，八开鲸，十二开鲸。抹香鲸、座头鲸、露脊鲸等等是对开型的，逆戟鲸、黑鲸、独角鲸等等是属于个头中等的八开型，海盗鲸、粉嘴鲸是十二开的。他在这一章节的开头罗列了一长串鲸类学者的名字。实际上，你今天翻开任何一本讲述动物或植物的画册，前面都应该有很长很长的一串博物学家的名字。

你经常看那个动画片，《托马斯和他的朋友》。你记住了里面好几辆小火车的名字，片子里有一个地方叫蓝山采石场，看起来有点儿荒凉。采石场肯定不如动物园、植物园、海洋馆好玩。一百多年前，有一个叫休·米勒的小伙子，在苏格兰的一个采石场工作，早上穿过田野去上工，草上结了白霜，太阳升起，空气纯净。中午，工友们都在休息，他跑去附近的小山丘，树林里满是苔藓，从山上可以俯瞰一片海湾，水面平静，天空清澈，树枝像勾画在帆布上一般纹丝不动。有一根薄薄的烟柱，从林木葱郁的海岬升起，直直地向上攀升了几百米，触到一层云，向四周均匀地散开。如果你今日去往苏格兰的海边，还能看到相似的画面。自然美景给采石场工人休·米勒极大的安慰，你要知道，当你劳累、委屈的时候，大自然会安慰你。你对自然世界了解得越多，得到的安慰也就越多。其实，又何止是安慰呢？个人品位以至于民族品位，都与其鉴赏自然的精微敏感度正相关。植物学、动物学、地质学与矿物学都源于对自然的观察。休·米勒在采石场收集了很多云母、斑岩、石榴石，休息日就沿着海岸勘察，找寻化石，他后来成了一个地质学家。

等你掌握了很多很多有关自然的名词，去过一些动物园和天文馆之后，你就该去纽约的自然历史博物馆看看了。你一进门就会被那八头大象的标本给震住，那个博物馆里能看到哺乳动物、海洋生物、古生物、矿石和陨石。你可以看到进化的过程，也可以看到人类各式各样的面貌体征。门厅两边是老罗斯福的语录，长长的两段话，其中最著名的句子是：Keep your eyes on the stars, and your feet on the ground. 你也该去伦敦的大英博物馆看看，在那里能看到圣公会教士收藏的桦树皮卷，印第安人用桦树做成的独木舟，看到古罗马铜像和中世纪陶盘上的月桂树枝。如果细心一点儿，你还会在皇室的徽章上认出山楂树来。它和我们在大望京公园里看到的差不多。

欢迎来到“玩儿国”

《木偶奇遇记》里有一章，匹诺曹坐上一辆马车，马车上都是和他一样的少年，他们的目的地是“玩儿国”。这个国家的居民都是小孩子，最大的十四岁，最小的八岁。满街都是嘻嘻哈哈的捣蛋鬼，有的打弹弓，有的扔石头，有的打球，有的蹬自行车，有的骑木马，有的捉迷藏，还有人翻跟头，有人玩倒立、滚铁环，孩子们欢笑，吹口哨。广场上都搭着戏棚子，从早到晚挤满了孩子。墙上的标语是“玩具万岁！”“我们不要学校！”“打倒算术！”等。匹诺曹到了“玩儿国”，喜不自禁，开始玩耍。没过几天，他变成了一头驴。“玩儿国”的少年固然可以尽兴玩耍，但这样做的结果是，变成一头驴，终生干脏活儿累活儿。

很多糟糕的童话故事，都是吓唬小孩的。匹诺曹一说谎，鼻子就会长出一截儿，这是吓唬小孩子。可小孩子又不傻，他很快就会发现，说谎不会给鼻子带来什么不适，顶多就是有点儿痒。小孩子也会明白，终日玩耍也不一定会变成一头驴。童话作者想告诉孩子，如果你贪玩游戏，不好好读书，那么你会得到惩罚，干一辈子体力活儿。但我觉得，匹诺曹最终回到学校去念书，并不是害怕将来要干体力活儿，怕劳力者治于人，而是出于对老父亲的怜悯。老父亲贫穷，吃不饱穿不暖，要把外套卖掉才能给他买识字课本。小孩子一旦懂得怜悯他爸爸，就会变得听话一点儿。可也坚持不了多久。只有真的从书本中找到乐趣，他才会开始好好念书。

谁不想在“玩儿国”多待上几年呢。我看《木偶奇遇记》中的描述，那些少年都在从事户外运动，这实在是天大的好事。现在怕的是电脑和手机里的“玩儿国”，手指滑动就能去往这个新的“玩儿国”。在那里你可以当枪手，打坦克，变成魔法师，也可以回到古代指挥一支军队，开辟一片大陆建立一种文明。那里的居民也不再只是少年，有的二十多岁，有的三十多岁，有的岁数更大。他们在“玩儿国”里都待了很长时间。现实世界非常非常地复杂，你很难有控制感，更别提控制得好了，也不可预测，“玩儿国”清爽简单，简直是个让人沉醉的世外桃源。有一位专家估算，一个二十一岁的年轻人可能在电脑游戏上花掉了一万个小时。男生打游戏的时间通常是女生的三倍，所以一个二十一岁的男生已经花了一万四千四百个小时来打游戏。而一个大学生从入学到拿到学位，他的学习时间大概是五千个小时。也就是说，如果把打游戏的时间都用来读书，一个男生能拿到博士学位了。

有几年的时间我也曾时不时地打会儿游戏。有一天我熬了个通宵玩《金庸群侠传》，游戏场景转换时，电脑黑屏，借助晨光，我在屏幕上看见自己的脸，焦灼，紧张，我觉得非常可笑。我为什么那样投入地玩一个画面粗糙、故事简陋的游戏呢？很快就有了更好玩的游戏，多人联机打《星际争霸》，那一阵子我每天期盼的就是去网吧打《星际争霸》。后来我渐渐不打游戏了，原因是我打得太臭了，没啥成就感。别人开始玩CS，我在游戏中很容易被干掉，也就没兴趣了。不过呢，我还有别的娱乐活动，打麻将，看电视，这些糟糕的娱乐活动，差不多花掉我两万个小时吧。总之，我觉得我三十岁到四十岁这十年，基本上是被我浪费掉的。

丹麦有一个哲学家叫克尔凯郭尔，他说大多数人不具备关于他们自己的意识，不具备连贯性的观念，他们不是依据精神特质而存在的，他们的生活，要么在一种孩子气的天真中，要么在琐碎无聊中，这一时他们做出某种善的举动，下一时又做出某种荒唐的举动，他们如此周而往复：他们在某一个下午是绝望的，可能是三个星期过后，他们又是快乐的家伙，而后又是一天的绝望。有那么几年，我丧失了连贯性的观念，不知道我要干什么，不知道我要成为一个什么样的人，每天过得倒也没什么痛苦。要我说，浪费一万个小时不算什么，每天用两小时来娱乐一下也不算什么，怕的是十年二十年晕晕乎乎地过下去，不依据精神特质而存在，不具备连贯性的观念而生活。为了让你少打游戏，我给你讲一些大道理，可这些道理呢，是我四十岁以后经历中年危机才弄明白的。希望你比我聪明，早一点儿明白。

小孩子写下《我的理想》作文时，就置入了连贯性的观念，哪怕他时时修改自己的志向。我爹当年老说“长立志，不如立长志”，就是这个意思。不管什么志向吧，小孩子总要长大成人，上大学，然后有个工作，有一份稳定收入。可是呢，工作以后，有更大的麻烦。能让你投入热情、换来尊严的工作其实并不多，工作中的人时而自信满满、谎话连篇，时而阿谀奉承、傲慢无礼。从工作中找不到意义，就只能在“玩儿国”中麻痹自己。人们太喜欢娱乐了，找一部投资一亿美元两亿美元的电影看看，你会惊讶，那里面包含的智力因素是那么少，而在视觉刺激上花的钱是那么多。

有一本书叫《为什么长大》，作者说，现在的社会并不鼓励一个人走向成熟，因为孩子更容易成为消费时代和娱乐王国里顺从的公民。成长比你想象的难太多了，难到你想要抗拒。当一个有自我意识，有责任感，有精神追求的成人，太累！世上那些聪明人，给你设计好游戏，编好故事，纵容你懒惰的天性，鼓励你买买买，买一个手机或汽车就能获得自我认同。他们希望你永远兴高采烈，因为孩子遵循快乐至上的原则，成年人都明白，人生本来就有很多痛苦。

最近有一个时髦的词叫“心流”，玩游戏的时候特别容易获得“心流体验”——你会完全沉浸其中，极专注，感到特别快乐和平静，在游戏的过程中你能及时获得反馈，时时有成就感，时间似乎停顿了，你甚至有点儿灵魂出窍的感觉，内心的驱动力让你废寝忘食。人们喜欢这种体验，所以才喜欢打游戏。我也有过这种体验，最强烈的时候是在2011年，我在写一个长篇小说，每天心心念念就是这个故事。我走路上班，基本上不出差，不想整出什么幺蛾子，只想把我的故事写好，心里被一种幸福感充盈，那种状态持续了一年。后来我还想写书，就是想再次获得那样的体验。创造，能获得最好的心流体验，得到的满足比打游戏更长久更刺激，你想一遍又一遍地得到。从事一项体育运动，从事一项科学研究，学习一门语言，都能获得类似的体验。希望你能有这样高级的享受。

那些过时的东西

有一天，在北京的奥森公园，一位老大爷大步流星，一边走一边背诵着一篇骈四俪六的古文，我跟在后面听，想从中找出一个熟悉的句子，跟了有一百米，终于忍不住上去问："您背的是什么文章啊？"老大爷朗声回答："这是《洛神赋》！"我回家立刻找出《洛神赋》看，里面有好多生字，我念都念不出来。那时候我正在给你起名字，翻了《论语》和《诗经》，那里面的好字眼都被人用滥了，要是安在你头上，别人会以为你是我爹。《论语》中有一句，君子有九思。我就想，要不你叫苗思九吧。说给你妈听，你妈说，思九？思那么多干吗？你说你一个学中文的，怎么就给儿子起不出一个好名字呢？

说来惭愧，我曾在北京一个专门给人起名字的公司打过一个月的零工，主事的那位爷据说是皇族，用五行八卦给人起名字。他跟我说，你在这儿打工，跟着我学《易经》，就相当于上研究生了。我学了一个月就跑了。《易经》那本书看着挺吓人，学几天就知道，基本上是扯淡。中国文化很多东西都是这样，听着挺吓人，国学、心学啥的，学两天就知道，基本上是扯淡。但是呢，文化的可怕之处在于，你生下来就身在其中，躲也躲不掉，像我这样崇洋媚外的人，也会翻着《论语》《诗经》找好字眼。不叫“思九”，改叫“大壮”，可《易经》中也是有“大壮”这么一卦，上为震，下为乾，天上鸣雷，君子以非礼弗履。

我小时候背过两天《滕王阁序》，也看过一点儿《古文观止》，那是因为，当年真的没啥课外读物好看。上到高一，学校里忽然要办计算机班，有华侨捐献了几台苹果二型电脑，要通过一次数学考试才能去学电脑。电脑教室里铺着地毯，进去还要换拖鞋。也是那一年，有几个同学商量着要去工体看一场演出，来演出的是什么“威猛”乐队。转过年来呢，我在一台板砖录音机里听到了一首歌叫*We are the world*，才知道莱昂纳德·里奇和迈克尔·杰克逊啥的。我们那时候，处在一个封闭的时空中，现在呢，我们也还在一个封闭的地方，不过，家里有了苹果电脑，也有恐怖海峡、绿洲乐队的CD，书架上也有两三千本书。可是我有另一重担心，我怕你太喜欢那些时髦的东西，我怕你不喜欢那些过时的东西。

有一天晚上，我们躺在床上，你翻来覆去地折腾，不肯入睡。你妈说，快给儿子讲个故事。我没啥故事好讲，但可以给你背几句诗。两个黄鹂鸣翠柳，一行白鹭上青天。春雨贵如油，随风潜入夜。咦，不对，是好雨知时节，当春乃发生。离离原上草，一岁一枯荣。这样过了几分钟，我就把我会背的几句古诗全背完了。这些诗句有平仄，抑扬顿挫，不用什么技巧就能读出一种韵律。诗人写一辈子的诗，千百年后，能被人记住一两句，就是了不起的诗人了。你睡着了，我躺在你边上想，不论你以后多讨厌文言文，也应该记住，千百年前，有一个老头儿辞官回家，他说，舟遥遥以轻飏，风飘飘而吹衣，问征夫以前路，恨晨光之熹微。还有一个老头儿，晚上睡不好觉，他说，拣尽寒枝不肯栖，寂寞沙洲冷。还有一个老头儿，感叹春天消逝，写了两句诗，且看欲尽花经眼，莫厌伤多酒入唇。往小了说，这叫学一点儿古典文学。往大了说，这是一种文化自豪感和身份认同，我们的前辈写出这些细腻的诗句，塑造了我们的情感，塑造了我们的表达方式，当你凝望月亮、树木、河流、远山的时候，应该有几句诗垫底。

我们上高中的时候，男女同学之间喜欢互送一《简·爱》当礼物，大概是因为题目中有个“爱”字吧。我大略看过一点儿《简·爱》，看过一点儿《傲慢与偏见》，实在不如武侠小说好看。等到上了点儿岁数，我才发觉十九世纪英国小说很有意思。我偏爱这样一类的故事：一个牛奶厂的女工，或是一个穷苦的石匠，或是一个想治病救人的年轻医生，他们的庄严理想与平庸的际遇格格不入，得到的只是一种充满谬误的生活，在凄凉中湮没无闻。年轻时读小说，总想获得一些人世间的经验，把里面的人物分成好人和坏人，心智成熟之后，我才能看到小说中的复杂性，领略小说家知人论世的洞幽烛微。

假设有一天，你到英国乡下去喝一顿下午茶，在座的是几位英国女作家。勃朗特三姐妹可能不太爱说话，奥斯汀小姐会显得和气一些，但她常常言在此意在彼，不掌握反讽就领会不了她的意思。在这几位老小姐面前，一定要特别诚实，能够掌控自己生活的人，时时刻刻都说实话。座中有一位男人婆似的小姐最难对付，她有个男人的名字，叫乔治·艾略特，聪明，又有同情心，偶尔也会出言讥讽，和她聊天，千万不要轻浮地评价他人或自以为是发表什么观点。观点恰如屁眼，每人都有一个，还觉得别人的臭。她会让你更深刻地思考究竟什么叫作“道德”，这不是被人灌输进去的是非观念。什么是对的，什么是错的，能否坚持做对的事，这是一种极沉重的道德责任。她最有名的那本小说叫《米德尔马契》，是真正写给成年人看的。你爹看了五十多本亦舒的小说，才看到《米德尔马契》，继而明白一个道理：

许多流行的东西是纸币，而一些过时的东西是黄金。

我再试着给你讲一个古老的故事，两千多年前，底比斯王国的俄狄浦斯得知自己弑父，罪孽深重，因此放弃王位，客死他乡。他留下二子二女。两个儿子为争夺王位打了起来，波吕涅克斯攻城，厄特克勒斯守城，结果两个人都战死疆场。克瑞翁继承王位，为了惩罚王国的叛徒，警诫臣民，颁布一道指令，不得埋葬波吕涅克斯。国王的这道命令，违背神律。神要求任何死者的尸体都应该得到掩埋，未能入葬者，其灵魂是不洁净的，会得罪冥王和天神。安提戈涅挑战国王的律法，遵从神律埋葬了她的哥哥。因此，国王克瑞翁将安提戈涅关进山上的墓穴。安提戈涅的未婚夫，克瑞翁的儿子海蒙殉情自杀，他的母亲也为失去儿子而死。这是古希腊的一出悲剧，二千多年前的古希腊，人们的生活离天神更近一些，他们没有电视机，夜晚的天空就是他们的电视，那里的剧作家望着天空，写下这样的故事，演给人们看。两千多年后，我还能看到不同版本的《安提戈涅》上演。国王的指令是不是尘世间最高的法律呢？是否更高的天条不可违背？这个故事到底有什么意思，我还没法儿给你讲清楚。可我想让你看一看古希腊的悲剧，这些戏能唤起一种崇高感。

在你长大的过程中，你会看到很多庄严的仪式，看到这些庄严仪式中有一些滑稽的味道。如果不断放大这种滑稽，你就会把所有崇高的东西都消解掉。法律好像不那么庄严，军人好像也没啥荣誉感，宗教愚昧可笑，眼中所见的都是卑微的事物，慢慢也就只做那些卑微的事。人的高尚寄托丧失了，尊严感也就丧失了，我们不再相信自己身上更严肃的天性，心灵中更加美好的冲动全部减弱了。我们所生活的这个地方，崇高感的缺失最为严重，你得自己想办法去获得这玩意儿，看古希腊的悲剧也许是一个办法，听巴赫的音乐也许是一个办法。相信我，崇高感这东西，不容易被唤起，却会飞快地退去。你总要找点儿什么东西，保证能从大脑中时不时地分泌出来一点儿崇高感。那玩意儿能让你过得更美。

世界之路

我看你的分离焦虑并不是特别严重，咧着嘴哭两声，很快就没事了。相比之下，我的分离焦虑更严重一些。早上不想出门，晚上赶紧回家。前不久去了一趟法兰克福，住了三个晚上就匆匆返回。法兰克福书展是世界上最大的出版业展会，我一直心向往之。好不容易去了，心心念念的是买一个高压锅。我在锅店里消磨的时间，比在书展上花的时间要多。有一家叫LOREY的厨房用品店，逛起来真是开心，看到橡木案板、各式刀叉、厨房剪子，脑子里就有面包、蛋糕、羊腿和羊排浮现，看到好看的玻璃杯，就像是喝到了葡萄酒和气泡水。在法兰克福火车站，我看到列车开往英特拉肯、慕尼黑，穿过人群，攥着兜里的钞票，我只想着再去买点儿餐具。我有点儿老了，对外部世界的好奇心不那么强烈了。书展上有一个展位，是一家专业的地球仪厂商，大大小小的地球仪发着光，在半空浮动，有一个小男孩伸出双手，抱住一个地球仪，我偷偷在后面拍下一张照片。

1953年的夏天，一个叫尼古拉斯·布维耶的年轻人，开着一辆菲亚特，从家乡日内瓦到了萨格勒布，他的一位画家朋友给他留下一封信，信中描述的是特拉夫尼克的景象。

其实也没什么特别神奇的景象，不外是阳光充沛的早上，一个喧闹的市集，旅途中随处可见的一些更有生命力的人。布维耶坐在一家咖啡馆里，桌上有半杯白葡萄酒，他要和画家朋友在贝尔格莱德会合。两人要开始一段为期两年的旅行。他们的积蓄只能支撑四个月，随后的旅费要在途中自己挣出来——卖画，或者教人学法语。他们要去土耳其，要去德黑兰，要去印度。八年之后，布维耶出了一本书叫《世界之路》，他的那位画家朋友绘制了插图。

布维耶的爸爸是一位图书管理员，鼓励儿子看书，而史蒂文森、儒勒·凡尔纳、杰克·伦敦这些作家，在书本后面不断怂恿着布维耶，去远处看看。布维耶十来岁的时候，喜欢看地图册，想把里海、克什米尔这些地方都标上记号，远行的渴望在心中滋长。当他真正开始旅行，他好像获得了另一重生命。高加索大地上的荒僻乡村，伊斯坦布尔老客栈中缠绕着异乡人的魂灵，他把旅行中的动人瞬间注入自己的记忆。他在书里说，最后为你搭起生命架构的，不是家庭，不是职业，也不是别人对你的看法，而是自然界中为数不多的几个瞬间，升起于时空的悬浮之中，比心里的爱情还要恬静。这样的瞬间如此宝贵，生活把它们分配给我们时总是精打细算，刚好装满我们弱小的心灵。

我喜欢这种诗意的说法，也喜欢看旅行书。不过，关于旅行，我给不出什么好建议。我去过一些地方，但从来不是旅行。我的行程基本上都计划好了，有人接待，有人陪同。只有一些短暂的时刻，我好像在旅行。有一年，我去了马瑙斯，这是巴西中部的一座城市，去亚马孙丛林的探险大多从这里开始。我们从酒店的码头出发，去看黑河与索里芒斯河的交汇处，导游说，由马瑙斯去里约的水路就是坐这样的船，要走上半个月。我躺在吊床上昏睡，假想这段水路会持续很多天，假想我被丢在了地球仪上这个离家最远的点，语言不通，身体单薄，内心焦虑。实际情况不是这样，我们坐上独木舟，穿行于雨林，同时，我们一小时就能回到酒店，再一小时就能赶到机场。飞机是个好东西，身体瞬间就到了别处，来得快，走得也快。你不会太难过。离开马瑙斯那天早上，我吃过早餐，发现酒店里居然有一个动物园，我飞速转了一圈，动物园入口处是一只美洲豹，锁在笼子里，以它的体量来看，那个笼子太小了，称不上是一个兽舍，那只美洲豹焦躁不安地在转圈，一刻不停，它显然处于病中。动物园里还有几只金刚鹦鹉，图示上标明这几种鸟曾在巴西大地上广泛存在，而今很难在野外看到。离开酒店，赶往机场，几个小时之后，我就来到了伊瓜苏，看到伊瓜苏瀑布，那只悲伤的美洲豹就被淡忘了。伊瓜苏有一个非常漂亮的鸟园，鸟儿都栖身于自然环境，珍贵的金刚鹦鹉所在的鸟笼，足有二十米高，鸟儿能飞，仿佛身在牢笼之外。

人类学家列维–斯特劳斯，年轻时在巴西游荡，后来写了一本《忧郁的热带》。他在书中说，旅行不但在空间中进行，同时也是时间和社会阶层的转变，旅行的印象要与这三个坐标联系起来才显出意义。热带地方的城镇，是一片过时的风景，使人感觉不是走了很远的路，而是在时间上不知不觉往后倒退。年轻而贫穷的学者在一个物价极低的地方好像变成了富人，想要放弃平日的自制，忽然意气风发，以挥霍为快。列维–斯特劳斯后来在巴黎教书，他常去圣日耳曼区的酒吧La Rhumerie喝一杯，我去巴黎，被朋友带去这家“人类学酒吧”，店里有许多以朗姆酒为基酒的鸡尾酒，颇具热带风情，我喝了两杯。我始终是一个观光客，喜欢附庸风雅地跟随先贤在世间神游。这样能摆脱身在牢笼的感觉。

人们总会有身在牢笼的感觉，年轻时尤为强烈，年纪渐长也就习惯了。有一位作家说，每个人在他的人生发轫之时，总有一段时光，没有什么可留恋，只有抑制不住的梦想，没有什么可凭仗，只有他的好身体，没有地方可归属，只想到处流浪。这位作家叫E. B. 怀特，他说，他的这段时光持续了八年。1923年夏天，他失业了，在报纸上看到，有一条商船要从西雅图开往阿拉斯加、白令海峡、西伯利亚，为期四十天。他想，既然世上没什么可攀附，那不如就攀附在这条船上。吸引怀特的是一串陌生的北方港口的名字。他花四十美元买了张头等舱的短程票，带着一台打字机、一本诗集、一件衬衫和一条卡其布裤子上了船。他要在船上找到一份工作，来完成整个航程。海上是风浪、潮汐、弥天的冷雾、孤寂的过于明亮的大块浮冰，船上是商人、太太、船长、水手各色人等。怀特找到了工作，成为餐厅的夜间侍者，他刷盘子洗碗，清理餐桌，擦亮乐器，他说，在船上工作，比乘船旅行更有意思，乘客无法真正了解一条船，而他在餐厅刷碗，却仿佛是在驾驭这条船，大海、阿拉斯加、轮船都变得更为真切。同行者对他忽然由乘客变为侍者感到吃惊，而他面对游手好闲之徒，为自己能自食其力而得意。他和杂役舱的厨子打交道，继而去底舱专门照料烧火工吃饭。他渴望进入底层，他说，在攀爬社会阶梯的过程中，这种下降似乎很困难，但又很有必要。

要我说，怀特的这段故事就是对旅行的最好建议。他能和船上的商人聊聊贸易，一方面鄙视商业，一方面嫉妒商人的赚钱能力。他也能和底舱的烧火工打成一片，那里隐藏着暴力。体力劳动消耗掉大部分的精力，让他的心思不致过于紊乱。他跳上一条开往北方的船，要躲避在世上要面对的一切。等他从船上下来，他对这个世界可能就少了一分恐惧。

三千万个词

那天，你妈妈传给我一篇文章，美国芝加哥大学教授达娜·聚斯金德做了一项研究，说孩子的智力发展和语言有极大的关系，要想让孩子聪明，就要多跟孩子说话。聚斯金德教授统计，在美国，低收入家庭的孩子每小时只能听到六百个词，中产阶级家庭的孩子每小时能听到一千二百个词，而高级知识分子家庭的孩子每小时能听到二千一百个词。看了这篇文章，我和你妈都陷入短暂的困惑，我是个不爱说话的人，你妈比我还不爱说话，当年我们两个能互相看上，很大一个原因就是我们两个都不爱说话。每小时二千一百个词，平均到每分钟是三十五个词，并不算多，但要坚持一个小时，实在是话密。我查了一下互联网，聚斯金德教授出过一本书叫《三千万个词》，她说，到四岁时，知识分子家庭的孩子会比贫困家庭的孩子多听到三千万个词，智力发育更好。我被三千万这个数字吓坏了，跟你妈说，快跟儿子说会儿话吧。妈妈坐到你身边，沉吟半晌，问："我跟他说什么啊？"

其实，我挺早就跟你说话了，你在妈妈肚子里的时候，我就给你读过《夏洛的网》。我们可以接着给你讲故事，给你读书，向你描述你看到的事物，一次次重复，可以耐心地回答你的问题，准备很多书来应付你的十万个为什么。但有一条准则：我想用一切语言，教你沉默。我不想让你成为一个伶牙俐齿、能言善辩的人，围绕在我们身边的语言太多了，要当心那些蛊惑人心的演讲和辩论。

我最早是在电影院里听到演讲的，卓别林主演的《大独裁者》，他在里面一人分饰两角，理发师和独裁者。在影片结尾处，理发师阴差阳错地被当成了独裁者，穿上制服，戴着臂章，在群众集会上演讲。那大概是我第一次听到民主与自由之声，我为那段演讲词着迷，生生记下几个句子，总在心里念叨。那时候你爷爷总跟我说，要当一个领导人，必须有很好的演讲能力，他点评咱们这儿的领导人，总说那个人讲话磕磕绊绊中气不足，这个人讲话顺溜多了听着有底气，以至于我产生错觉，把领导的讲话和他们的气息当成国家进步的表征。

后来，我在电视上看到新加坡组织的大学生辩论比赛，那些选手逻辑清晰，头头是道，非常迷人。我所在的大学也开始组织辩论比赛，我居然参加了一场，给出一个题目，双方抽签来决定谁是正方谁是反方，结果我发现，正方反方其实无所谓，选定了正方，有正方的一套说辞，选定了反方，有反方的一套说辞。你心里笃信什么并不重要，重要的是你要假装相信什么并滔滔不绝地为之辩论。国外有些大学，会有辩论俱乐部，辩论的目的就是要培养学生的leadership，要我说，最好不要当什么leader，你心中笃信什么比其他的事重要多了，哪怕你时常糊涂，充满怀疑，也比你假装相信什么或者轻信什么好得多。

我在电影院里，认识了一个沉默的电影明星，叫高仓健，是日本人，我喜欢《远山的呼唤》《海峡》《兆治的酒馆》等等，他在银幕上总是头发很短，台词很少，我慢慢体会出来，那种沉默意味着内向、隐忍、顺应现实。学日语的朋友告诉我，日本人在语言上是消极的，他们对语言的意义有点儿轻视也不那么确信。比如日语中总有主语省略这一现象，这种特殊的表达方式，在其不直接言明的暧昧之间给听者留下了细细品味的空间。还有日语中的“对不起”一词，具有打招呼、表示歉意、息事宁人、懒得争辩等多种意味。言语有多重意味，有一本书介绍英国人的言行规则，他们面对那些讨厌的东西，会说，这很有趣；他们见面谈论天气，是为了克服羞涩。领会那些言语中没有直接表达出来的东西，才是成长的必修课。可学校里不教这个，学校里教的都是修辞术，古往今来，修辞术的花招一直是这样的：一，选择一个大家感兴趣的开头，知道他们想要什么，以致未经论证，人们就先喜欢上了你的说法；二，不追求推论的必然性，只要有可能性就够了，用有气势的语言去掩盖逻辑上的漏洞；三，要煽情，用一些细节、用一些比喻来调动他人的情感。那些擅长使用修辞术的人，只向民众提出他们有心相信的事情，而民众也只相信那些告诉他们所求有理的人。一旦被修辞术迷惑，你的智力就下降了，要想过一种智识生活，就要先学会警惕那些煽情。

在我四十岁之前，我从未做过演讲，我笨嘴拙舌，总是想同时表达好几个意思，而说话是一种线性表达，由不得你辗转反复。我的肢体语言也很差，站不直，总是抓耳挠腮的。四十岁那年，我出了一本书，要搞一个活动，事先我准备了一个小纸条，写上几个要点，我怕面对读者时忘了要说什么。后来我学习了一点演讲技巧，能面对几百人连续讲上十分钟。每次当众讲话，我都是在卖点儿什么，卖我写的书，卖我编的杂志。好多人当众讲话，都是在卖东西，或者是卖一个观点。我们处在众声喧哗的时代，要想赢得关注，就要开口说话。学习演讲没什么难的，当众演讲也没什么可怕，但也绝不是什么享受。有一个叫王朔的作家说，小时候在人群后面喊台上的人傻逼喊多了，现在怎么也不习惯往人前站，总觉得还有一个自己远远躲在人后头喊傻逼。请注意，他并不是怕人群中有人嘲笑他，而是觉得，还有一个自己躲在人群后面嘲笑他。这不是自卑或羞怯，而是一种分裂，一部分自我要站出来表达，另一部分自我在强调沉默的重要和交流的无效。这世上，有言语能够传递的真相，也有唯沉默才能传递的更深刻的真相。

勋伯格有一出歌剧叫《摩西与亚伦》，讲的是《圣经》中出埃及记的故事，神的使者向摩西显现，赋予他使命，解救受苦受难的以色列人。大概是看出摩西嘴笨，神让摩西的兄弟亚伦帮助他，亚伦能言善辩，作为摩西的嘴巴，向人们解释深奥的神的旨意。摩西总想要百姓敬畏神以获得纯洁的思想，亚伦则愿意显示神迹，火焰中飞出条神龙啥的，让老百姓相信他们终将到达流淌着奶与蜜之地。亚伦认为，摩西的预言对百姓来讲艰涩难懂，根本无法理解，只能加以比喻和解释。摩西认为，亚伦哄骗百姓，让人们心中只有奇异的愿望，而不是对神的信仰。在这出歌剧中，摩西时不时总要念白，声音高亢、充满痛苦，而亚伦是流畅的男高音。摩西总说上帝“无所不在、无影无踪、不可思议”，而亚伦坚信，凡事皆可交流，那些说不出口的经验是不存在的。

这些道理你以后可以慢慢体会。德国诗人里尔克有一首诗，我先读给你听听：我如此地害怕人言，他们把一切和盘托出；这个叫狗，那个叫房屋，这儿是开始，那儿是结束。我怕人的聪明，人的讥诮，过去和未来他们一概知道；没有哪座山再令他们感到神奇，他们的花园和田庄紧挨着上帝。我不断警告，抗拒，请远离些。我爱听万物的歌唱，可一经你们触及，它们便了无声息。

每次读这首诗，我都不读最后一句，最后一句是：你们毁了我一切的一切。我觉得这一句不够好，而且我也不相信喧哗的人言能毁掉一切，喧哗的时候以沉默对抗，人多的时候以孤独对抗，这没什么大不了的。那些了无声息的东西更值得你去倾听。

其二
过一种审美的生活

长久凝视

几个月前，我还不知道什么叫黑白卡。那是一种黑白两色的方形卡片，印着各种图案，新生儿看到的世界是一片模糊，黑白反差的图片才会刺激他的视觉发展，拿着黑白卡，放到婴儿眼前，他会注目观看，把卡片移开，他的目光会追随那卡片，运气好的话，他会长久凝视。我买回一套黑白卡，拿给你看的时候，总忍不住加上旁白：水桶，这是水桶；勺子，这是勺子；熊，bear；山羊，这是山羊。这样念叨着，忽然想起，以前我采访过一个儿童文学博士，他说，图画书本质上不是让孩子用来认字的，读图也并不比读文字简单，他拿出《七只瞎老鼠》这本书，一边展示，一边向我解释：第一页为什么用黑色？是模仿盲人的那种感觉。为什么不直接画老鼠，只是画老鼠的尾巴？是为了增加悬疑的气氛。很多图画书大人觉得不值得买，就是因为上面没几个字。可是，图画书带给孩子的观察能力和审美能力，是没办法用语言来衡量的。想起这番话，我就认真看了一遍黑白卡，卡片上那一张张黑白剪影，匀称，准确，一套卡片也可以算是一本画册。

我无法感知婴儿眼中的黑白世界，只记得在我很小的时候，色彩明亮的图片非常罕见。那时候小孩子会收集糖纸，还有烟盒，还有瓷片，白色的瓷片最常见，等级最低，乳黄色高级一点儿，而墨绿色和朱砂色等级最高。我在我家书柜里找到一本宝书，叫《各国概况》，前面几十页，全彩印刷，印的是各个国家的国旗，我翻来覆去看那几十页，其实对遥远的苏丹、也门没什么兴趣，只是觉得红、黄、蓝、白、绿以不同形状变换组合，犹如一张张彩色卡片。现在这本《各国概况》上册还在我手边，前面的彩页不翼而飞，只剩下一张还粘连着，一面印的是秘鲁、玻利维亚、智利的国旗，一面是澳大利亚、西萨摩亚、瑙鲁、汤加的国旗。这本书带给我的好处是，奥运会开幕式上，各国运动员入场时，队列前的国旗我并不感到陌生。

然而，我总想，如果小时候我能在书架上找到一本全彩印刷的《艺术的故事》，那是不是会更有收益呢？贡布里希说，大多数人喜欢在画面上看到他在现实中也爱看的东西，他还说，对于某物美不美，鉴赏的趣味大不相同。在黑白卡之后，我很快为你囤积了一堆绘本，其中有一套给孩子看的艺术史，还有一本书，叫《艺术中为什么有那么多光屁股的人》。等你多看了一些画，你就会对书中的问题感兴趣了——艺术家互相抄袭吗？抽象画怎么区别正反？艺术品为什么那么贵？草间弥生画的那些圆点到底有什么意思？

我上到高中的时候，才买到《世界美术》杂志，大概是视觉上的历练太少，我喜欢那本杂志上介绍的墨西哥画家里维拉，还有西班牙画家达利，即便那杂志的彩页印刷得非常粗糙，里维拉和达利的画作也能给我足够的刺激。要过很久，我才学着欣赏莫迪里阿尼和雷诺阿。也是在高中的时候，我看到《渴望生活》，知道有一位画家叫梵高。看到《月亮和六便士》，知道有一位画家叫高更。那时候，我错以为，欣赏艺术就是知道一些艺术家的生平。好多年之后，我在纽约MOMA看到梵高的《星空》，体会那一幅小画如漩涡一般，越是凝视越感到眩晕。我也看到了很多以前在美术课本上看到的画，《睡莲》啊，《自由引导人民》啊。然而，看到伟大画作的体验并不总是美好的，有一次，在普拉多美术馆，一位专业的讲解员给我们讲述戈雅的黑色壁画，老戈雅怎样陷入疯癫的状态，这些画作怎样由戈雅的寓所移入美术馆，她讲得非常好，好到让我感到不满足。我感到不满的是，我无法从一个画家的角度来感受那些笔触。有一个伟大画家讲素描的要义，说手中拿着一支铅笔看到的世界，和手中没有铅笔看到的不一样。我的工作，有很大一部分也是观察和描绘这个世界，可我看到的东西总和画家看到的不一样。我心里总有一些空洞的词汇和概念，它们缺乏质感。可你仔细看看塞尚画的苹果，就能感受到它的重量。

有一本小说，讲一个男人在普拉多美术馆里嚎啕大哭，引来了所有的保安，那个大哭的男子或许有深刻地体验艺术的能力，而冷静的旁观者或许没有那种能力。我不知道小说里痛哭的男子是不是在看戈雅的黑画，反正我在戈雅的画作前，感到不满足的正是我没有足够的艺术体验的能力。

这种能力是什么样子呢？我试着讲一下。二十多年前，我在二环路边上骑车，一侧是护城河，一侧是安德路公园，正是深秋，公园里的树木是色调不一的黄色、绿色和红色，风吹过，落叶纷飞，我长久凝视那片树木，心中有强烈的愿望要用油彩把眼前所见的场景画下来，我不会画画，但我知道，只有一笔一笔地勾勒，一点一点地涂抹，只有反复地观察，才能让那种出神的凝视延续下去，那种出神的凝视带来一阵阵快乐的波浪，让你心绪激荡又倍感宁静。这世间有诸多的美和创造，会让你长久凝视。

我一见你就笑

耶稣被钉在十字架上，他向围观的民众叫喊：“彼得。”彼得听到主的呼唤，穿过人群走向前，罗马士兵呵斥他，让他退下。十字架上的耶稣再次呼唤：“彼得，我在叫你。”彼得再次向前，罗马士兵的皮鞭落在他身上，他被打翻在地，只听得十字架上的耶稣呼喊：“彼得，我需要你。”彼得匍匐向前，身上被打得皮开肉绽，终于来到十字架下面，他望向耶稣：“主，我来了，听从你的召唤。”耶稣在上面幽幽说道：“我被钉在上面，能看见你家。”

这是我最近读到的最好的一个笑话。深夜守在你身边，看一本笑话书，看一眼熟睡的你，你脸上似乎也有一丝微笑。早上醒来是你最爱笑的时候，嘴一撅，呼呼两声，我哈哈两声，你就再呼呼两声，眼睛眯成一条缝，有时候我们能这样对视着笑上五六个回合。没有人能解释婴儿的微笑从何而来，好像那是上天的礼物。你是一个爱笑的孩子，跟你老爹一样，不过，短期内你还不能领会上面那个彼得的笑话，你要花很长时间才能知道什么是诙谐，什么是自嘲，什么是反讽，什么是吊诡，如果幸运，你会成为一个具有幽默感的人。幽默感，这是一个非常了不起的天赋。

你要明白，笑话是一种文字游戏，我们先来个脑筋急转弯，什么布不能剪？答案是，瀑布。什么东西既是白的又是黑的又是红的？答案是，害羞的斑马。这种文字游戏不是描述现实的，斑马未必会害羞，即便害羞了也未必会脸红，即便脸红了，黑白相间的身体也不会发红，但是在笑话里，斑马是会害羞的，是会全身发红的。这有点儿荒诞，但是笑话，就是要看你在荒诞的境地中如何自处。世上有许多事情都是荒诞的，你有了幽默感，就能看到许多荒诞之处，这样你能避免结党营私，能看到意见不同的阵营都有可笑之处，不会贸然加入一个组织，也能避免过于严肃，过于严肃是不好的事情。有人说，不能拿严肃的事情开玩笑，别听他们胡说，不拿严肃的事情开玩笑，我们拿什么开玩笑呢？笑话还有一个好处，就是能帮你化解尴尬，要知道人的一生中有许多尴尬时刻，大多来自我们的算计，来自我们过于乐观的心理预期。这是我喜欢的一个笑话——有个人下班，去买鸡，售货员发现，冰柜里只有一只鸡，正好卖给他。放到秤上，说一斤半。顾客说，太小了，能换个大点儿的吗？售货员鸡贼了，他把这只鸡放回冰柜又拿出来，佯装拿出一只新的，放上秤，说，这个一斤七两。顾客摇摇头，还是小，这样吧，你把刚才那只拿上来，我两只鸡都要了。

我最早的幽默感训练来自侯宝林、马三立的相声，来自卓别林，也来自动画片《好兵帅克》，等长大之后，才知道捷克有很多讲笑话的天才，擅长某类佯谬的反讽或某种内敛的幽默。有一位捷克诗人说，幽默或反讽或笑是第一美学范畴的。它是一个人能获得的最好的回应。面对一首严肃的诗，人们至多是倾听。面对一首好玩的诗，他们微笑，显示出人类的休戚相关。

我还记得我爹给我讲的一句笑话。在我十八岁之前，他一直不苟言笑，他老人家是中学政治教师，整天讲从奴隶社会到社会主义初级阶段什么的。有一天我去公共厕所撒尿，他老人家也来了，他说："哟，背着手撒尿啊！"我没听明白，问："您说什么？"我爹说："背着手撒尿——不扶（服）。"这是句歇后语，还可以扩展成，背着手撒尿——不服你。我当时完全被我爹的粗俗给惊呆了。他老人家给我讲这个笑话的时候，我已经高中毕业，所以这个粗俗的笑话简直可以算是一个成人礼——还是在公共厕所里进行的。他可能憋了十多年才讲出这句笑话。我可不想把肚子里的笑话憋那么长时间再给你讲。

我上学时，知道美国有一个盲人叫海伦·凯勒，她年幼失明，但努力学习，写了好几本书，其中最有名的一本叫《假如给我三天光明》。后来我才知道，在1950年代，美国的中小学里也到处宣扬海伦·凯勒，言下之意是，一个盲人都能努力学习，健全的孩子更应该努力学习。这样的宣传造就了许多海伦·凯勒笑话，那是一系列恶毒的问答——海伦·凯勒为什么把脸烫伤了？因为她把烙铁当成了一本书。海伦·凯勒为什么把左耳朵烫伤了？因为她把烙铁当成了收音机。海伦·凯勒为什么把右耳朵也烫伤了？因为她又想听收音机了。我当然不希望你小小年纪就学会这样恶毒的笑话，但我知道，在学校里，讲笑话是一种常见的社交方式，一群少年聚在一起，讲笑话的人居于其中，他能让周围人的注意力都集中在笑话上，从这些笑话开始，你们将建立初步的政治观念和性观念。

讲笑话的人总会显得非常聪明，比如前不久我看到一个访问，提问者问一个经济学家，为什么政府收了土地出让金，还要收房产税？经济学家说，如果地上有两张纸币，一张是一百的，一张是五十的，你捡哪一张呢？提问者说，我想两张都捡啊。经济学家说，是啊，政府也想两张都捡。笑话考验急智，然而，我更喜欢一种笨拙的幽默感，有幽默感并不等于多嘴多舌爱讲笑话，我希望你热爱笑话，做一个有幽默感的笨蛋。话说有一个村庄，村里有一个孩子叫小苗，大家都说小苗有点儿傻，他分不清楚五毛的硬币和一元的硬币哪一个更值钱，他总说五毛的硬币是金子做的，一元的硬币是银子做的，金子更值钱。老有人拿着两个硬币给小苗做测验：小苗啊，这里有两个硬币，你只能挑一个拿走，你挑哪一个呢？小苗看看一元的硬币，再看看黄色的五毛的硬币，拿走了那个五毛的，他说，这是金子做的。如是者一而再，再而三，老苗终于坐不住了，他把儿子叫到身边问，小苗啊，你难道分不清楚五毛和一块哪个更有价值吗？小苗说，爸爸，我当然分得清，可我要是拿走一块的硬币，谁他妈还总拿我做试验呢？

九又四分之三站台

我在大学里选修了所有和儿童文学有关的课程，而后认定，所有童话故事都是那些拒绝长大的家伙为自己写的，比如《坚定的锡兵》就是个绝望的爱情故事。再比如英国作家德拉梅尔，活了八十多岁，养了四个孩子，总说当个孩子更有意思。他笔下的M小姐身高只有两三英尺，痴迷于星星和苔藓。那个写了好多本童书的苏斯博士，他爸爸是一个动物园的管理者，可以随时让小苏斯进园，小苏斯成了苏斯博士，笔下也就出现了很多的动物形象。

毕业好多年后，我看到一个电影叫《波特小姐》，里面英国湖区的风景，如明信片一样美。电影讲的是英国绘本作家波特小姐的故事，她画的《彼得兔》畅销百年。波特小姐养过兔子、蝙蝠、刺猬、蜥蜴，画过化石、蝴蝶和菌类，对昆虫、贝壳、蕨类植物有极大的兴趣。波特小姐喜欢和她的宠物对话，在舞会上从来不和年轻男士跳舞，所以她就成了个老姑娘。她的爸爸不断给她拍照，这些照片收藏在维多利亚和阿尔伯特博物馆，这家博物馆还收藏了波特小姐的许多插图原稿。波特小姐要求出版商，自己的绘本必须是小开本，这样孩子就能拿在手里看了。看了这个电影之后，我对绘本有了极大的兴趣。我看了《石头汤》《我爸爸》《你看上去好像很好吃》，还有桑达克。这些绘本慢慢也就和书页泛黄的《一个孩子的宴会》《长腿叔叔》一起放在了书柜的最底层。

我还看了一个电影叫《哈利·波特》，在电影院里看到哈利·波特像个崂山道士一样撞向石头柱子到达九又四分之三站台时，我简直要兴奋得叫起来。我们在这个世界待久了，就忽略了那些通往另外一个世界的线索，那本来是我们童年时很容易得到的东西。我清晰地记得好多好多年前的一个除夕，鞭炮在黑暗的四周炸响，我提着一个灯笼蹑手蹑脚地走在一条胡同里，好像是某种神秘事物的小守护神，静静地对自己的内心说：别怕，我带你去。那个小灯笼中也许蕴含着无限的魔法。那时候的魔法师是我姥爷，他的魔杖是一根筷子，他的魔法药水是白酒，他用筷子蘸一下酒杯中的二锅头，让我舔一下筷子头，我就伸舌头去舔，这样舔几下，我就被灌醉了，抱着一棵大树仰望从天上向我蜂拥而来的星星，感到自己飞向一个美丽新世界。长大之后我醉过许多次，醒来的时候依旧停留在这个烦碎的尘世。没有魔杖，也没有九又四分之三站台。

在你出生之后，我看到一本书叫《魔法岁月》，一本婴幼儿心理学的经典著作。书中说，两岁的孩子都害怕自己会从浴缸的排水管里消失，担心衣柜里隐藏着一片危险的丛林，暗夜中会有猛兽和食人恶魔出现，孩子们会动用自己的想象来应对危险，假装自己驯服了一头老虎，或者拥有某种神奇的力量能降魔除怪。幼儿有自己的焦虑，也有自己应对焦虑的办法，他的理性是慢慢培养出来的，而他的想象力会渐渐隐去。一个孩子想得到一匹马，结果手里只得到一根绳子，他可以想象自己拿着缰绳，把一个板凳当成马，或者把绳子拴在腰间，假想自己就是一匹马。等他能理智地面对现实之后，这根绳子就只是一根绳子了。那些妖魔鬼怪消失了，那些想象消失了，魔法岁月也就结束了。

看这本书的时候，我想起在爱丁堡的一个傍晚，我去找J. K.罗琳写作的那家咖啡馆，我非常好奇她那天马行空的想象从何而来，到底是什么东西注入到她的脑子里，才构成那个宏大的魔法世界。那个晚上我走了很远的一段路，也没找到她灵感爆发的咖啡馆。看了《魔法岁月》，我才骤然明白，所谓的麻瓜世界，就是成人的世界。哈利·波特去魔法学校报到，实际上就是带领我们重返童年，那时候我们有指挥动物的能力，能让猫头鹰做伴，有隐身斗篷，也有魔法石达成心中的愿望。只是后来，我们变得理智和现实，根本不记得自己也曾有漫长的魔法岁月，有好多寂寞的午后，在草丛中漫步，假想一只蜻蜓能听懂我们的诉求。

你还在妈妈肚子里的时候，我们一起去宜家买了个婴儿床，后来又买了床垫、被子、毯子。等你在毯子上躺了好多天之后，我才注意到，那毯子上的花纹是一只只海豚，床头上已经挂上了一只猴子、一头熊、一只小兔子。我们还买了好多奶瓶，附送了一个人偶拨浪鼓，他的胳膊是两条绒线，细眉细眼，一摇晃就发出轻轻的叮叮声，每天晚上我都摇晃着这个人偶拨浪鼓哄你睡觉。还有人给你送来玩具，一个鲜红的大螃蟹，一朵金黄的太阳花，花朵中间也有一张脸，一条绿色的鳄鱼，鳄鱼怀里抱着一个透明的球，里头有三粒小豆豆。这些玩具都悬挂在支架上，下面是一个垫子，要你躺上去，伸手就能抓到螃蟹和鳄鱼。说实话，我真诧异这些玩具过于鲜艳饱满的配色，简直有点儿粗俗。不过，这么大的色块才能引起你的注意。还有一头长颈鹿，是牙咬胶，据说这头鹿的名字叫苏菲。或许有一天，你会给拨浪鼓人偶起一个名字，他总是在你枕头边上。那个毛茸茸的猴子和那个肚子里能发出声响的兔子也会跟你说话，那个鲜红的螃蟹和绿色的鳄鱼会出现在你的梦中，你将开启你的魔法时代，召唤神龙，骑上狮子。我会和你一起开始这段行程，因为我还保有一点点想象力，时常想离开这个麻瓜的世界。

双手劳动

电影《变形金刚》上映的时候，有个公司给我快递了一辆大黄蜂，让我注意查收。我等啊盼啊，快递始终没来，那辆大黄蜂可能变形飞离了地球。实际上我对变形金刚并没有太大的兴趣，我小时候哪里有变形金刚啊，我钟爱的玩具是一把木头大砍刀，据说是民兵操练的装备，还有一个小鸡啄米的铁皮玩具，还有一辆鸭子车，车头做成鸭子，带两个轱辘。那年月玩具少而又少，有一年，新华书店卖军舰模型，就是一种略带韧劲的纸，将船体和炮台沿虚线剪下来，再用糨糊粘成立体的。我和邻居小东都去买，回家就在院子里弄个大板凳当桌子小板凳当椅子，拿起剪刀糨糊开工。我做成的军舰七扭八歪，带着好多白色的糨子痕迹，就像电影《甲午海战》里战败的北洋水师，而小东做成的军舰，边沿齐整，挺括有型，闪耀着金属一般的光泽。我充满挫败感，此后对动手的事都心有余悸。

初中上物理课，有个同学做了个秋千，一个毛绒小猴子荡来荡去，老师大加夸赞，我嗤之以鼻，这不就是电极互相排斥吗？那个同学怀恨在心，从化学实验室里偷了一瓶硫酸出来，放在他的课桌下面，课间休息时就举着那瓶硫酸端详，向同学们显示他的手是多么稳。他的课桌和我紧邻，我心说求求您了，赶紧把那玩意收起来吧，可外表佯装镇定。小东初中毕业上了技校，后来当了电工。硫酸同学对解剖青蛙、解剖兔子有浓厚的兴趣，大学学的是生物专业。我呢，1996年购入一台电脑，还买了一张电脑桌，自己拼装，你知道，那时候的电脑桌，下面有一个抽屉专门放键盘用，我浑身大汗把桌子拼好，立起来，发现抽屉装反了，电脑屏幕对着我，键盘却在另一边。再后来呢，我从宜家买过不少东西，每一次打开包装，都佯装镇定，心乱如麻。

像我这样笨手笨脚的人，给你换尿布换衣服的时候总慢吞吞的，你焦躁地挥舞拳头，妈妈在一边劝："别着急，你爸爸手上有蹼。"妈妈希望大壮继承她身上的优点：心灵手巧。我问："那我有什么优点吗？"妈妈说："性格沉稳。"我点头自赞，可转念一想，这性格沉稳大概是常年手笨又佯装镇定造就的。我给你买回来托马斯小火车，还在研究说明书呢，你妈已经把轨道给拼接上了。因为手笨，肯定有什么东西向我封闭了。肯定有很大的快乐将我排除在外了。

你妈是左撇子，所以你出生后，我们好奇你会不会是左撇子。起初把硅胶小勺子递给你，你左手抓得更牢。后来，再把小勺子给你，你用右手抓得更牢。继而我们发现，你像掰玉米的熊瞎子一样，递给你一样东西，你就会把手里原来拿的东西丢掉，给你一个小碗，你就会把勺子扔掉，给你一块饼干，你就会把小碗丢掉。育儿书上说，小孩子拿一样东西从左手递给右手，这就是一个进步，学会左手右手各拿一样东西，这就是了不起的进步。我教你左手拿碗，右手拿勺，用勺子敲碗，你还学不会这个动作，就知道拿个勺子胡乱挥舞。

我给你买了一本触摸书，需要你伸手去触碰，感知里面的羊毛、皮子和镜面。我也看到一些育儿教程，用食用色素、玉米淀粉和面粉做成彩泥，让小孩子的指尖有更丰富的触感。你会用手去抠门上的猫眼，用手揪妈妈的头发，但还是笨笨的。给你吃糖豆，一种入口即化的豆子，跟黄豆大小差不多，在盘子上撒几粒，你伸手去抓。你还不会用拇指和食指将豆子捏起来，也不会用食指和中指把豆子夹起来，肥嘟嘟的小手在盘子里来回划拉，中指和无名指之间粘上了一个豆子，却怎么也送不到嘴里去。不过，你已经会用遥控器了，拿起遥控器啃两口，手指一按，目光就飘向电视，在遥控器与电视之间，你建立了因果关系。有时，你还会抢走我的手机，手指在屏幕上划拉，那姿势和我们用手机时一模一样。不经意间，我已经把看电视和玩手机这两个坏毛病传染给你了。

我小时候玩过抓瓷片和弹球，这两个游戏都强调手的触感、力道和灵敏性。还有粘知了，拿着一个大竹竿子，竿头上有面粉熬成的糨糊，伸向树枝间去抓知了，双手要有很好的稳定性。这几个游戏，我玩得都不怎么样。不过，我也曾有一款心心念念的玩具，有投入的动手时刻。那是我姥爷的积木，其实是一堆小木板，一堆四面带插槽的支柱，小木板上印着窗户，将木板插到立柱上，就能搭建出一栋楼。这套积木还有图纸，按照图示，能搭出不同的楼房。我姥爷是个瓦工（我妈妈的爷爷也是泥瓦匠），一辈子都用砖头盖房子，却有一套预制板结构的积木，每次去姥姥家，我都要拿这套积木玩一下午。所以，我现在对乐高积木还有一定的把握吧。我的一位舅舅是钳工，他做过一辆公共汽车模型，银灰色，用牙膏皮制成，我没弄明白，牙膏皮怎么能做成模型，舅舅说，牙膏皮是铝制的，积攒了足够的牙膏皮，就能熔化成很多铝，飞机也是铝制的，铝很轻，飞机才能飞上天。我惊讶于牙膏皮能做成飞机，却从未想过动手将一条牙膏皮熔化。话说你舅舅也是个手巧的人，会做一点儿皮具，还做过木头家具，他有一个大操作台，有好几个麦太保电动工具，你喜欢的那个木头推车就是他做的，而麦太保斜切机就是他的玩具。

你舅舅送给你一架电子琴，有一天早上，你拉着我的手，把我的手放到琴上，那一瞬间，我有巨大的羞愧，我赶紧把你妈妈叫来，你妈妈小时候有一个玩具钢琴，就是在那个没法奏出和弦的玩具琴上，你妈学会了用一只手弹出旋律。她还能在吉他上弹出几个简单的和弦。

我十四岁时第一次看到有人弹吉他，美妙的乐音在指间流动。到十六岁，有人送了我一把吉他，我对着一本吉他教材学了三天，然后，那把吉他就被我扔在书柜上面，渐渐落满了灰。在十四岁到十六岁之间，我也对画画产生了兴趣，买了一本《芥子园画谱》，拿着毛笔学各种皴法，同样是三天的热乎劲一过，我就把毛笔和墨汁都扔了。法国人福西永写过一篇文章叫《手的礼赞》，他说，艺术家有点像孩子，成年人丧失了试错的秉性，因为他长大了。艺术家将孩童的好奇心延长了，他触摸着，他感觉着，他计算重量，他丈量空间，他雕刻木头，敲打金属，揉捏黏土，凿刻石块，他塑造流动的大气，他接触各种材料，抚摩着万物的皮肤。他以触觉的语言谱写视觉的语言——暖调子，冷调子，硬线条，软线条。语言表达不了双手能传达出的那种丰富的效果。

如此说来，我十四岁到十六岁，正是想当艺术家的时候呢，双手想拿起画笔，拨动琴弦，但这双手太笨了，我也太急躁，太容易放弃了。我那时候开始在笔记本上写诗，到现在还会在纸上写小说，迷恋笔尖在纸上滑动的触感，喜欢用手指触碰各种纸张，然而，写字是把脑子里想到的东西记下来，而不是双手本身就具有灵性。有不少作家都喜欢画上两笔，我觉得，那是他们的双手要摆脱思维的控制，自主地创造点儿什么。心理学家说，孩子是在行动中思考的，你骑上小三轮车，思考怎么控制方向，看到电子琴，就从三轮车上下来，敲打两下琴键，思考音阶的高低，你像一个永动机一样不停地动，就是在思考。而艺术家、手工艺者，都是用双手的劳动在思考。

有一个大画家叫丢勒，他有一幅画作叫《双手》，你盯着那双手看上一分钟，就会明白，文字是描绘不出那双手的，你盯着那幅画看上五分钟，再好好看看自己的手。“暂且忘掉它们的功能，忘掉它们的奥秘。看着它们处于宁静的状态，手指稍稍收回，好像沉浸于沉思冥想之中。看着它们单纯的、无所事事的样子，活泼而优雅，好像正在勾画着幻想中无穷无尽的可能性。它们相互嬉戏，准备迎接快乐事情的到来。它们能将自己的影子投到墙上，它们会搅动空气，或伸展筋骨，将指关节弄得噼啪作响。有时，攥成结实的拳头，有时，手指会抬高降下，敏捷机灵有如舞者。”

我买了一本《电子琴自学指南》，还在iPad上下载了一个钢琴游戏，一排琴键，不断有色块落下来，看准它的下落对应着哪一个键，弹响它，这样就能奏出一首曲子。我用它弹《一闪一闪小星星》，弹《绿袖》。以前有个日本的音乐教师，就是用这样的方法教孩子拉小提琴的，小孩子不知道把手指放在哪里才能拉出准确的音调，教师就在指板处贴上彩色胶带，这样小孩子能很快弹出一首曲子，很有成就感。当然，这只是入门的游戏，胶带很快就会撕去，小孩要让自己的手指与耳朵建立联系，要反复练习，让手指更灵敏，手势更准确。这个过程要好多年，学琴的孩子会觉得非常枯燥，慢慢的，他的技艺越来越纯熟，每天的练习不再是枯燥的重复了。

别紧张啊，我不是要逼着你学琴。我十六岁还迷上了一件事，切土豆丝。家里的案板很厚，家里的菜刀很沉，我把土豆切成薄薄的一片片，再把土豆片摞起来，切成细细的丝。很快我就知道，这不是越慢越好，而是要找到节奏感，左手按住土豆，右手握刀，一上一下，左手慢慢退却，右手跟着前进，菜刀在案板上发出悦耳的声响，切好一堆土豆丝，往水盆里一放，土豆丝散开，水变得浑浊，沥干，油锅烧热，搁上辣椒和花椒，土豆丝下锅，每一根都挺拔。我上大学的时候，跟一个女孩子约会，那个女孩喜欢在宿舍里弄个煤油炉做饭，有一天她要给我炒土豆丝吃，可她切的土豆丝像筷子一样粗，我说，你闪开，我来给你切土豆。我的双手在那天比嘴巴更有表现力。不过呢，我还是没有追到这个姑娘，因为有一个男生，每天教她打网球；还有一个男生，老背着一把吉他，给她唱歌。打网球和弹吉他，也是用双手干的活儿。我之所以失败，不是因为炒菜比不上网球和音乐，而是因为，我除了切土豆，并不会再做别的什么菜。

关于泡妞的事，我以后再讲给你听。我这封信里要说的，是解放你的双手，赋予它们灵性，双手会自动地创造出一些东西，不一定是琴声和画作，你把手伸到面粉里，揉搓，面团会变成面包；你把手伸到陶土里，让陶土烧成一个碗；你敲打一块金属，把它做成一个指环。这些本事都非常了不起。灵性的双手会嘲笑肤浅缥缈的思绪，让你更踏实。一个诗人是这样说的，双手劳动，慰藉心灵。《圣经》上是这样说的，要立志过安静的生活，办自己的事，亲手做工。

《碧霄吟》

我还记得三十年前在和平里104汽车总站斜对面那个书摊上第一次看到《金庸全集》时的震撼，一个平板三轮车，铺着一层毡子，三十六本书摊成一片，上面盖着一块塑料布。我屏住呼吸，隔着塑料布仔细端详每一本书的封面，《神雕侠侣》《倚天屠龙记》，这些名字一看就知道是武侠小说，至于《鹿鼎记》，我琢磨了半天也不知道这题目是什么意思，封面上的仕女图也和剑侠无关。在那个三轮车前，我明白了一个道理，书是一种特殊的物理载体，讲究装帧设计，封面、插图、纸张，都是书的价值所在。后来我知道，那套书是香港明河社出版，再后来我到三联书店工作，三联也出了一套金庸，与明河社的版本相比，三联那一套只能算是简装本。有一年，三联一位编辑整理书柜，将大半套明河版的《金庸全集》送给了我，他说，那是三联当年出简体字版本，用以校对的繁体字样书。

以封面设计而论，我最喜欢《笑傲江湖》，那四个封面是徐渭、傅山、朱耷和郑板桥的画。以故事而论，我最喜欢的还是《笑傲江湖》。我反复读过很多次金庸小说，有一个章节，我觉得是最美的，那就是《笑傲江湖》第十三章“学琴”。这本小说的主角叫令狐冲，他是华山派的弟子，有点儿精神上的洁癖，他看不得人欺负人，看不得党同伐异，看不上野心家。这个故事里多是气势汹汹的狠角色，东方不败要一统江湖，任我行和向问天要复辟，左冷禅要扩充自己的势力范围，余沧海要抢夺他人的宝物，任盈盈能掌控他人的生死，岳不群阴险，林平之隐忍，也有一些人想在艰难时世中维持自己一点点的“消极自由”，衡山派的刘正风想金盆洗手，和日月神教的曲洋一起搞音乐，但是，置身于政治斗争和名利场的人，是很难有“消极自由”的。

有些人总想改变世界，本来华山派、泰山派各自好好的，嵩山派非要合并出一个五岳剑派，这个叫“积极自由”。而刘正风就想搞音乐，梅庄四友就想玩点儿琴棋书画，在一个限度内，某个人就想干点儿自己喜欢的事情，不受他人的干涉，不受他人的强制，这点儿自由呢，就叫“消极自由”。中国古代文人，最让人着迷的那点儿东西，就是对消极自由的孜孜追求，到湖心亭看个雪景，到山泉边上喝口茶，逛逛青楼，写首诗。《笑傲江湖》这本小说，最残酷的地方就在于“消极自由”的不可能，你想清净地自己待着不惹是生非，做不到！金庸写这本小说，是1967年到1969年之间，在中国大陆，正是“消极自由”不可能的时代。

在“学琴”那一章节，令狐冲的境况很不妙，他有很严重的内伤，不知道什么时候就死了；他心爱的姑娘喜欢上别人，两个人还总在他眼前晃悠，躲也躲不开；他被师傅怀疑做了不义的事，心里很委屈；洛阳的世家子弟瞧不上他，他也自暴自弃，每天和地痞赌钱。就在这样的时候，他来到了绿竹巷，巷子里面有一片竹林，雅致天然，他听到琴韵叮咚，感受到清凉宁静。任盈盈奏响琴箫，令狐冲将《笑傲江湖》奉上，继而提出，要跟任盈盈学琴。江湖上孕育着更猛烈的血雨腥风，令狐冲却能有一个月的功夫学琴，他对音律一窍不通，但天资聪明，他学的第一支曲子叫《碧霄吟》，第一次弹奏，“虽有数音不准，指法生涩，却洋洋然颇有青天一碧、万里无云的空阔景象”。

将音乐与天空的意象联系起来，让我想起另一本小说《看得见风景的房间》，第三章里写到露西小姐总觉得现实生活乱糟糟的，只有打开钢琴，才能获得宁静。音乐王国并非俗世之地，普通人一旦开始演奏，就可以不费吹灰之力向上升腾。我们则抬头仰望，惊讶于他竟能这样逃遁，离开了我们，心想倘若这位音乐家愿意将他所看到的和所体验到的，转化为我们能理解的语言解释给我们听，那我们该多么感激他。然而他做不到，他当然没这么做，或者极少这么做。

演奏者难以用语言来讲解音乐，我们从音乐中感受到的东西呢，也很难用语言转达给别人。令狐冲听过刘正风和曲洋合奏的《笑傲江湖》，他珍藏两人留下的琴谱，这份琴谱可以当作是他音乐感受的表征，他不愿意告诉别人琴谱的来历，不愿意把他在音乐王国中得到的东西讲给俗世的人，有些东西，不能说给不懂的人，而是让懂的人更懂。遇到任盈盈之后，令狐冲在音乐中得到了巨大的安慰，那首《清心普善咒》可以缓解他的伤痛，而后他从一个听众成长为一个演奏者，到这个故事的结尾，他已经是一位音乐家了，他用剑术捍卫了黑暗江湖中的一点点消极自由，实际上，我们知道，再也没什么东西能比艺术更深刻地捍卫那一点点自由。

我不知道将来你会不会读金庸，如果你喜欢，我想你该看看明河社的那一套《金庸全集》，读完那三十六本，你应该不害怕繁体字和竖排版了。如果你不喜欢呢，也没关系，世上好小说还有很多。但是，你一定要听听音乐，听听格利高里圣咏，听听拉赫马尼诺夫第二钢琴协奏曲，听听马勒，还有瓦格纳的歌剧，起码听听他的前奏曲，你会感到，心中有什么东西升腾，青天一碧，万里无云。

Beautiful Boy

你出生前几天，做了一次B超，我盯着仪器，还是看不出所以然，医生说，嘿，这孩子是大长腿，大腿骨有七点七厘米，我不知道这数字意味着什么，却认定你会长到一米八以上，这足以了却我的遗憾。不到一米八，就很难说是一个漂亮的男子。对孩子的美貌的期盼，大概是天下父母共同的心理，我和你妈妈毫不避讳这一点。你生下来之后，我们叫你小黑猴子，你湿疹发作的时候，我们看着你红肿的脸颊发愁，不过，我们一点儿也不担心你会不好看。没过几个月，你就具备了好看的要素——脸小，面部对称，高额头，高鼻梁，瘦，高。

有那么一段时间，你总嘬我的手指头，然后，我感觉到你的牙长出来了，你很用力地咬我的手指。妈妈给你准备了牙刷和牙膏，很早就把你按在床上给你刷牙。你也喜欢刷牙，不过更喜欢把草莓味的牙膏吃下去。普林斯顿大学的一位哲学教师写过一篇文章，题目叫《丑人受排挤》。他说，我们今天的文化和古希腊差不多，父母都希望孩子漂亮，虽然还不会给孩子用吸脂术什么的，但孩子们都会从牙医那里得到一个礼物，那就是牙箍儿，有了牙箍儿，牙齿才不会松散稀落，牙齿好才会有美丽的微笑，而微笑对于今后的人生非常重要。人们会说，牙箍是为了健康，可实际上，牙箍儿就是现代社会的“裹小脚”。

我十几岁的时候，吃了一位亲戚从山西带来的果丹皮，我妈说，那个果丹皮掉色，把我的牙全染黑了，自此之后再也白不了了。她老人家这个说法，完全是推卸责任，她没能好好爱护我的牙齿，没给我讲明白牙齿的重要性。我明白过来后，对自己也不够负责，有点儿破罐破摔，用烟、茶、碳酸饮料来摧毁牙齿，等我意识到一口烂牙的坏处，去看牙医，为时已晚。这样有十来年的光景，我不敢大笑，害怕别人看到我的牙齿，又不自觉地盯着别人的牙齿看，看到糟糕的牙齿，再自怜地想到我的牙，就会想起哲学家尼采的话：“丑陋败坏我们的精神和能量，让我们对人类的未来感到悲观。”这样的话，政治不正确，大家不愿意说出来，一说出来就显示出了自己的不道德。但是，如果你花上一段时间，长久地注视那些肥胖的人，观察那些猥琐的人，看毁坏的牙，看歪斜的脸，你会愤怒和恶心，你真的会对人类感到悲观。

有一位英国的古典音乐评论家，在纽约看了一出歌剧，歌剧女主角是一个一百公斤的胖子，她上台之后，几乎是站在原地完成了表演。第二天，评论家翻看纽约的报纸，所有的剧评对女主角的体重都避而不谈，这就叫政治正确。大家避讳谈外貌的问题，但许多领域都存在着相貌的偏见，教师给学生评分的时候会看重相貌，选民投票给政治家、陪审团判定嫌疑犯的时候，相貌都在起作用。找工作的时候，相貌很重要。大人看小孩子的时候，也会偷偷议论这孩子的相貌。这是现实，政治正确还是不如长得正确。

古希腊还没有政治正确这玩意儿。希腊人受美丽外形的影响巨大，并且非常直率地表达他们这种价值观。荷马史诗《伊利亚特》中，希腊盟军统帅阿伽门农召集士兵大会，一个名叫特西特斯的士兵站出来发言，公开批评阿伽门农，这位挑战权威的士兵很快就被奥德修斯揍了一顿，荷马的描绘中，这个特西特斯罗圈腿、驼背、溜肩、秃头，荷马说他是最丑的也是最坏的。在希腊文明中，“美”意味着“高贵”，“丑”是“无耻”的意思。布克哈特在《希腊人与希腊文明》中说，美与精神上的高贵一致，是希腊人一种确定无疑的信仰。他们会给美丽健壮的运动员树立雕像；绅士会和俊美的年轻男子约会，给后者提供人生经验；战俘如果漂亮，就会被释放。这种对“美”的嘉奖，伴随着对“丑”的打击。有故事说，狄马拉图斯的丑陋妻子常去美女海伦的塑像前祷告，而海伦塑像前有一位守护者，她要求那些来拜海伦的丑陋者赶紧离开。

我年轻的时候，对西方文明了解不多，对古希腊还欣赏不来。我们穿得朴素，没啥化妆品，也不讲究发型，都喜欢背诵电影《简·爱》中的一段台词——“你以为我贫穷、矮小而且不漂亮，我就没有灵魂没有心吗？你想错了！我的灵魂和你一样，我的心也完全一样！如果上帝赐予我美貌和财富，我也能让你难以离开我，就像现在我难以离开你一样。上帝没有给我这些。但我们在精神上是平等的，就好像我们都穿越坟墓，一起站到了上帝的脚下。”认真读一下简小姐这番话——她说自己poor and plain（贫穷且相貌平平），不是ugly（丑），而是相貌平平。她说，if God had gifted me with wealth and beauty（如果上帝赐予我美貌和财富），继而她愤愤不平地说，上帝没给我！就我浅薄的经验来看，世上一些丑陋的人会说自己是相貌平平，世上许多要求平等的人是在要上帝给他财富和美貌。不美和美一样，既有它的动人之处，又有它的不良习性。它往往容易伪装成善，或者撕下一切伪装，露出愤愤不平的狰狞面目。

你爹不算太难看，你妈有个外号叫李天仙，所以你不会难看。我们会照料好你的牙齿，必要的时候戴牙箍，看牙医，还会让你锻炼身体，有漂亮的肌肉，让你有得体的衣服。我还会提醒你，美与精神上的高贵是一致的，照料好自己的身体，也意味着一个美丽的心灵，不要变丑，不要放纵自己的身体，这样的自律是高尚的。哲学家尼采是这样说的，丑是衰退的表征，枯竭、笨重、衰老、疲惫，每种身不由己，都能引起“丑”这个价值判断。世上最深刻的憎恶，就是大家都憎恶丑的东西。

还有一位哲学家叫苏格拉底，长得很难看，他说心灵美更重要，有广博的内心世界比外貌更有吸引力。他说的也不错，有许多相貌平平甚至丑陋的人，其精神散发出非凡的魅力。然而，一个漂亮的人，努力一番，也能有美丽的心灵。一个丑陋的人，再怎么努力，也无法成为一个好看的人。我看到过一些漂亮的人，赏心悦目，据说他们不高兴的时候，照照镜子，心情就好起来。我揣摩，这些漂亮的人肯定得到过一些特别的东西，比如说，更多的交配机会，更多的优越感，肯定不止这些，肯定有更为特别的某些快乐，儿子，Go Get It!

攻击与人性

你出生那天夜里，曼联和莱斯特城在踢社区盾，我抽空刷了一眼比分，看到曼联赢了。我一直想给你买一个曼联标志的兜屁衣，早早确定你曼联球迷的身份，可北京的商店里没能找到。以后你会问，为什么我们要把英格兰北部这个城市的球队当成自己的主队？我会给你讲，1995年1月坎通纳飞踹水晶宫球迷，1999年5月曼联最后三分钟击败拜仁，会给你讲弗格森、贝斯特、斯科尔斯这些传奇人物。也会给你讲讲，2002年我第一次看到英超比赛的场景。

那是从伯明翰开车去利兹，看利兹联主场打阿森纳，路程要四个小时。英国人靠左开车，我坐在副驾驶的座位上，总觉得要和对面的车撞上。那里的天光也和我平常见到的不大一样，阴郁中时而有阳光穿透累积的云层，让绿色的乡野变得明亮。慢慢接近利兹，城外散落一片低矮的房屋，三三两两的球迷在街上走着，向城里聚拢。埃兰路球场里看到的维埃拉，就像是蛐蛐罐里缠斗的蛐蛐一样清晰，场上球员的一举一动都能得到呼应，或是掌声，或是叹息。助威歌整齐嘹亮，我听不懂他们唱什么，只能通过球迷的表情来判断，面带自豪的歌曲是给主队加油，表情愤怒的是在攻击对手，轻蔑戏谑的是在敲打裁判。每当客队球迷发出响动，主场球迷必然会面目狰狞地发出更大的声音。就像是一群土狗，发现有别的土狗闯入它们的地盘，就嘶吼着要发动攻击。中场休息，水泥墙构建的球场过道中弥漫着啤酒的味道，卫生间的金属小便器尿液四溅。比赛结束，返回伯明翰的途中，我们在高速公路的休息区遇到了几位阿森纳球迷，他们买汉堡买汽水，战胜了对手全身而退，他们心满意足地吃一吃歇一歇。

后来我才知道，利兹联队有一首助威歌叫《要是恨曼联你就站起来》。想象一下曼联和利兹交锋的场景，看台上的球迷唱着歌一个个站起来，球员受到感染，用更猛的逼抢和更凶狠的铲球来搏杀。英国足球文化最核心的一点就是仇恨，一个曼联球迷从小就会被教育要恨利物浦；一个桑德兰球迷要恨纽卡斯尔；一个热刺球迷会厌恶阿森纳；格拉斯哥流浪者要恨凯尔特人。球迷们在周末的下午聚集到一起，喝着啤酒唱着歌，盼望自己的主队把客队狠狠地揍一顿。我年轻时一年去一两次工体，就是想看北京队是怎么收拾申花的。后来渐渐不去了，原因有很多，一是北京队老收拾不了申花，越看越郁闷；二是我去上海的次数越多，越喜欢那个城市；三是我克制了自己的动物本能，没那么强的攻击性，负面情绪也不再需要到球场上去发泄；四是我认识到攻击性与仇恨，应当让竞技水平往更高了走，而不是一味地好勇斗狠。迷上英超之后，再看我们的联赛，总觉得跟慢动作回放似的。

我迷上曼联的时候，他们踢得最富有侵略性。把遥远的曼彻斯特假想成自己的主场，可以让我们的仇恨变得虚无一点儿，你说我根本就没去过利物浦，怎么会真的恨利物浦呢。我们就是需要一个假想敌。人是很有意思的动物，要知道，动物面对威胁时会焕发出来极大的战斗热情，城里人没那么多来犯之敌，攻击性就通过体育来宣泄，报纸上说，申花来犯了，我们要保卫工体；新疆队来了，我们要保卫五棵松，球迷会特别严肃地对待这个事儿。要想既严肃又不过分严肃地对待比赛，最好把自己的主队设定在万里之外。

回想一下我喜欢的体育明星，我发觉，我内心深处隐藏着非常强的攻击性。我喜欢泰森，尤其喜欢他出狱之后暴打天下的那几场比赛，他用几十秒、几分钟就击倒对手。我喜欢加斯科因，1994年他在意大利哭得像一个孩子，1996年欧洲杯他进球后摆出狂饮的姿态。体育呈现出一种非凡的戏剧性，上了年纪的泰森养鸽子，上了年纪的加斯科因酗酒，他们的运动生涯并不是以荣誉告终，而是以命中注定的失败。这个社会讲究礼仪，讲究规矩，谁具有反社会人格，谁就可能遭到遗弃。我也喜欢罗马里奥和小罗这样从巴西贫民窟里踢出来的球星，他们拿到了世界冠军，他们纵情声色，这也是一种动物本能。人类这个种群，相互竞争的一个标尺就是看谁能积累更多的财富，就像老鼠储备过冬的粮食一样，谁储存的多，谁就具有竞争上的优势。了解我们身上的动物本能，可以帮助我们做一个更好的人，也可以be more human。

我初为人父的那几天，情绪不太稳定，似乎对他人的靠近更敏感，我马上意识到，这是动物保护幼崽的本能。我知道，有很多教育专家研究过该怎么化解孩子的攻击本能，给他很多很多爱还是给他挫折教育？我知道，很多家长会让孩子从事一两项运动，来消耗他们旺盛的精力，有的去打冰球，在快速猛烈的对抗中学会控制自己；有的去打网球，学会体面的竞争；有的去打高尔夫，学习上流阶层的规范。早晚有一天，我会带你去工体看球，南看台上有一句标语应该还在，写的是“文明观赛事，理智对输赢”，在漫天的叫骂中，我会给你讲解一下为什么需要用体育运动来化解攻击本能，而从体育中习得文明和理智是多么的不容易。我大概还会给你说起我欣赏的两个球星，桑普拉斯和费德勒，他们优雅且自律，每一记挥拍都能打出新教伦理与资本主义精神。

原始人结束一天的捕猎，围着篝火跳舞欢庆，体育就是现代人的篝火，我们观看体育比赛，安顿我们的攻击性。我们看到竞技之美，看到职业体育中一个人的身体能达到什么样的极限状态。我们还会从中学到一些道理，有一个美国作家，描述一群人打高尔夫，说他们嬉笑着走向果岭，“嘲笑自己的坏运气”，这是了不起的态度。还有一个美国作家，喜欢棒球，棒球的常规赛要打一百六十二场，最厉害的球队胜率能在百分之六十左右，在百分之四十的时间里，最强大的球队也是带着挫败感回家的，沉着稳重是棒球中备受推崇的品质，胜一场放在脑后，败一场置之度外，一个赛季有那么多比赛要打呢。

轻逸与欢愉

我经过一番疯狂的追逐，满头大汗，拿着一把玩具手枪在公共厕所里抓到了国民党特务、二年级同学李对眼，兴奋得大喊大叫，那肯定是我人生中最欢乐的时刻之一。为什么那么欢乐？大概是在胡同里跑了太长时间，大脑里产生了多巴胺。我小学毕业，才学会骑自行车，我掌握了平衡，却不知道怎么停下来，只觉得耳边生风，体会到一种从未有过的速度感。夏天，在大学校园的露天游泳池，我和一个姑娘约会，她穿着红色的泳衣，游向我，又离开我，而我根本不会游泳，穿着一条肥大的泳裤，茫然地站在水中。那一定是身体带给我的诸多的挫败感中印象最深的一个，我立意雪耻，却直到三十岁才学会换气，在一个弥漫着雾气的游泳馆里，第一次从水中抬起头，像学会了一种绝世武功。总体而言，身体带给我的挫败感一直多于欢愉，在张北草原，同伴策马扬鞭，而我骑着一匹矮马，屁股里夹着卫生巾，马一尥蹶子，我被掀翻在地。在滑雪场的初级道，我试着滑出S形，告诉自己一定要放松，可两个膝盖紧张得发疼。

说来好笑，像我这样笨的人，还会做白日梦，想成为一个职业足球运动员，在老特拉福德踢上十分钟。即便是白日梦，也不敢做得太夸张，我没想过在那里进球，能稳稳当当地把球传给吉格斯就行，在全场观众看出来我是滥竽充数之前被教练换下场。我能跑能跳的时候喜欢踢球，到现在还记得自己在学校操场上的几个进球和几脚传球，那是身体的记忆。但年轻时能够做出来的动作，上了年纪就做不出来。我三十多岁那阵儿，踢不动足球了，忽然迷上了高尔夫，还会做白日梦，想着我的挥杆虽不能像泰格伍兹那样有力，却可以像厄尼埃尔斯那样优雅。打高尔夫，需要形成一种肌肉记忆，可我的身体太笨拙。我用了几年的时间完成了高尔夫从入门到放弃的过程。有时候，人们会渴望体验一种截然不同的人生，一个老实人想当间谍，一个书生想当探险家，我总想当一个职业运动员。

这个想法没什么奇怪的，我知道好身体能带来极大的欢愉，我得到过一点点，知道那种快乐是多么强烈，所以会想要更多。我对你的天仙妈妈说，咱们儿子以后能当运动员吗？天仙妈妈说，当运动员多累啊。是啊，当运动员太累了，但我希望你能在运动中得到极大的欢愉。在你没满月的时候，就有过两三次游泳经历，脖子上套着救生圈，放在一个温水池子里，你欢快地蹬着腿，看上去很享受，还在池子里拉了一泡屎。实际上，你头两个月根本控制不了手和脚，时不时像一个牵线木偶似的抽搐，像是在跳一种怪异的舞蹈。等你能准确地把手放在嘴里，你才会逐渐意识到那是你自己的手，你才会慢慢控制你的手。要等好多年，你才会投篮，篮球出手之后，手指依然在动，像是能控制篮球运动的轨迹。

从道理上讲，我推崇一个做法，叫“文明其精神，野蛮其体魄”。英国有个拉格比公学，和伊顿公学一样有名，能在那儿上学的都是大富大贵家的孩子。那里诞生了一种体育运动叫橄榄球，非常野蛮。他们的体育课还包括击剑和远足，都是要提高生存技能的。假设一帮人陷于危险境地，在丛林里，有食人族追击，你的身体比别人强壮，你掌握一些搏斗和逃生的技能，比他人有更大的生存几率，你就有足够的优越感。你能带着大家一起逃命，那你就是贵族了，这时候会打高尔夫球有个屁用。身份的高低贵贱有时候就赖于身体的高低贵贱。

然而从实际操作上，我这样一个文弱书生，能让你的体魄野蛮到什么程度，实在太值得怀疑了。我知道古希腊有健身房，有美少年，他们挥汗去除多余的赘肉，展现力量与男子气概，但我更喜欢伯里克利在他那个著名的演讲中所说的：“我们是自愿地以轻松的情绪来应付危险，而不是以艰苦的训练；我们的勇敢是从我们的生活方式中自然产生的。我们不花费时间来训练自己忍受那些尚未到来的痛苦；但是当我们真的遇到痛苦的时候，我们的表现正和那些经常受到严格训练的人一样勇敢。”我觉得这句话说明了业余爱好者和职业运动员之间的区别——不花费时间来训练自己忍受那些尚未到来的痛苦。职业体育是损害身体的残酷事业，而长久保持对体育的业余爱好，会是终身受益的事情。十几岁的时候，用五分钟跑完一千五百米不算什么好成绩，可四十多岁的时候，五分钟跑一千米，用这样的速度跑个一万米，那就很了不起。

以轻松的情绪应对危险，这多像是极限运动的律令。体育运动中真的有这种看似矛盾的说法，我的高尔夫球教练总是说，你一定要非常放松。我的健身教练肌肉虬结，而在放松状态下，他的大腿和胸像棉花一样柔软。我总想把轻松的状态与痛苦的锻炼协调起来，这是我懒散的借口，也是我诗意的追求。

四十岁以后，我被肚子上的赘肉弄得很丧气，才养成了健身的习惯，有时候去健身房，有时候去附近一所中学跑步。那个操场上经常能看到学校田径队的孩子们训练，少年男女都瘦瘦长长，有漂亮的线条，我笨重地迈动脚步时，他们轻快地从我身边掠过去。天上有云，迎面有风，我笨重的身体再也不能和云、和风这两个世上最轻逸的意象发生关联。有个小说家叫卡尔维诺，他推崇轻逸的力量，他说，这个世界会变成一块石头，这是一种石化，不放过生活的任何一个方面。还有个小说家叫王小波，他说，生活就是一个不断受敲打的过程，而他想变成天上的云，永远生猛下去。不管是石化，还是被敲打，我们都可以视之为身体的变化，身体变得僵硬，身体受到损害。我们会纵容自己的身体，塞进不必要的食物，贪恋物质享受，被外在世界所拖累，丧失了轻逸之感，困顿于沉重的肉身。而轻盈的身体永远有一条逃离之路，去大海中潜水，去崇山峻岭中徒步，借助滑翔伞飞行，化解沉重，享受欢愉，时刻感受到风轻云淡。这是你能给自己造就的最大的福分。

天鹅之死

大概是小学四年级吧，我跟几个同学去考少年宫的朗诵小组。少年宫在安定门内的一个胡同里，是个旧日的王府，不过，我也不太确定具体的位置了。我当时对朗诵的理解，就是目视前方，大声背诵出一些振奋人心的诗句，考试的时候，我背的是高尔基的《海燕》，现在还记得头几句——在苍茫的大海上，狂风卷集着乌云，在乌云与大海之间，海燕像一道黑色的闪电，在高傲地飞翔。我们几个同学都考上了，每周去参加一次活动，学习的内容是绕口令——八百标兵奔北坡，北坡炮兵并排跑。

每次去少年宫，我们要走很长的路，安定门内大街上有一家面包店，下午有新鲜出炉的面包，八分钱一个，香甜的味道弥漫整个街道，有同学买了，走在前面吃，我兜里从未有过八分钱，买不起，总在后面远远地跟着。朗诵组在那个院子里的偏殿，正殿更大，屋顶是灰色的瓦，上面有杂草探出厚实的屋檐。屋檐下是窗户，有一天，一个小伙伴站在屋檐下，招呼我们过去，我们过去，脑门顶住玻璃窗，向内张望。外面阳光充足，屋内却是灰蒙蒙的一片，我什么都没看到呢，就听到屋子里一片女孩子的尖叫。她们是舞蹈小组的，正在屋里换衣服，发现外面有人偷窥，叽叽喳喳地叫起来，提着裤子骂。我们一下子跑开，被朗诵组的老师叫回偏殿里训斥。

舞蹈组的女孩子在学芭蕾，她们反反复复练习一个节目，四小天鹅。四个女孩子穿着白色短裙，露出肩膀和锁骨，露出胳膊，露出全部的小腿和相当一部分的大腿，我盯着她们看，更多的时候，我盯着右边第二个，那个女孩的名字里有一个“晶”字，那真是世上最合适的名字，她晶莹剔透，洁白，闪着光，像一块水晶，有点儿晃眼，我总忍不住要去看她。我去少年宫参加活动，再也不想学什么朗诵，只希望能在舞蹈教室里看到她。她就是我们学校的，比我低一年级，我会忍不住到她们教室外面，趴在玻璃窗外看她。有时，她会瞪我一眼，满是愤怒，也许还有鄙夷吧。后来，有小伙伴把晶同学的家庭住址告诉了我，邀请我去趴她家的后窗户，我没这个胆量，我只希望在公共场合看到她。

过了一段时间，少年宫搞汇报演出，在首都剧场旁边，现在是银帆少年合唱团的一个剧场。我负责打杂，搬道具，朗诵组是不需要什么道具的，舞蹈组肯定需要，我搬的那个箱子里是小天鹅的裙子和舞鞋吗？我记不清楚了，反正我那天拎着个箱子，和四小天鹅寸步不离。我在后台，坐在那个箱子上，盯着换好服装的四小天鹅。然后我被轰到台下去了。朗诵组的师兄，朗诵的是鲁迅的《立论》，四小天鹅终于登台。我蹲在剧场前排，看着我的晶同学，被巨大的伤感笼罩。她们表演完了，我就离开了剧场，此后也没再去参加朗诵小组的活动。

那年寒假里的一天，大降大雪，我去地坛公园玩，公园里人很少，我碰到了朗诵组里的一个女同学，这个女同学，有点儿疯疯癫癫的，那天也有点儿疯疯癫癫的，总对着我笑，我就攥雪球追着她砍，她也攥雪球砍我，我们绕着滑梯、古树互相追逐着扔雪球，其实都是很小的雪球，砸到身上根本不会疼。忽然，我心中有一股强烈的欲望，要把她推倒在雪地上，把一个大雪球塞到她脖子里。我蹲在地上攥雪球，要攥一个个儿大的，她肯定预感到了某种危险，撒腿就跑，我起身就追。按说我跑步的速度足够快，可那天就是追不上她，她居然能好整以暇停下来冲我笑，让我心头那种莫名的冲动更强烈。公园里很安静，我的心脏像一面跳动的鼓，她跑向公园的一个角落，那是个死角，我想我马上要堵住她了，心跳更快，公园那处的围栏是一排铁栅栏，中间有一根栅栏缺失，留下一个豁口，朗诵组女同学肯定熟悉地形，她从那个豁口钻了出去。我瞬间感到极大的失落，我攥着雪球，钻出那个豁口，围栏外是泥泞的街道，有行人，有自行车，那个女同学已经消失，我满脸通红，满腔愤怒，使劲攥着我手里的雪球。

我久久不能忘记那个愤怒又失落的时刻，后来我才明白，那是性的萌动时刻，对晶同学长久的注视和偷窥带来的压抑，转化为对朗诵组女同学的攻击冲动，我要把她推倒在雪地上，我要把雪球塞到她脖子里，我不知道除此之外还能干啥。如果对自己进行一点儿精神分析，我能想起来，在幼儿园大班的时候，我曾经被老师罚站，那次是我攻击了一位同班的女孩儿，大概是把粥洒到人家身上或者用馒头砸她吧，因为那个女孩儿很漂亮，老穿得干干净净的，有一件黑色的呢子大衣，我攻击她，原来是我喜欢她。

后来呢，我把我那点儿力比多升华了，我喜欢上了文学，到十六七岁的时候，会见风流泪伤春悲秋，在青春期的性苦闷中，还会偷偷写两行诗，也有心爱的姑娘。你知道，有些姑娘代表着人性中美好明亮的一面，她们早慧，带来一束光芒，让我们看到自己的粗鄙。我认识的第一个这样的姑娘叫南珊，她来自小说《晚霞消失的时候》，这个形象新鲜得像一滴露水。我在书本上看到的这个姑娘，几乎与现实中的另一个姑娘同时出现，在高中的教室里，我放下藏在课桌下的小说，抬头向窗外望去，就能看见我暗恋的姑娘在我静静的呼吸里走过。

等我长大之后，还会在小说中碰到这样的姑娘，比如《绿毛水怪》中的杨素瑶。有些女孩子非常美丽，有些女孩子能带你见识更美丽的东西。她们晶莹剔透，容不得污言秽语，偷窥她就是一种冒犯，像天鹅一样。好多男人，长大之后就在心里把这样的天鹅杀死了。我能给你的教诲就是，不要让这样的天鹅过早死去。

消极的能力

二十多年前，我在首都剧场看话剧《上帝的宠儿》，主角萨利埃里好像是吕齐扮演的。第一幕结束时，萨利埃里有一大段独白，他说自己完蛋了，他写的东西跟莫扎特没法儿比，莫扎特是上帝的宠儿，而你我都不是，他说他膀胱憋得难受要去休息一下了。灯光亮起，幕间休息，我乐呵呵地跑去撒尿，想着舞台上能听到膀胱一词还觉得挺开心。然而，等这出戏演完，我走出剧场的时候，就不那么开心了。

萨利埃里是个小镇青年，凭借音乐上的才华，成为维也纳的宫廷乐师，当上了音乐学院的院长。然而，这成就在天纵奇才的莫扎特面前不值一提，他被碾压了。在这出戏里，萨利埃里提出了一个非常严肃的问题：莫扎特是上帝的宠儿，我们并不是，那我们该怎么办？萨利埃里直面竞争，和莫扎特假惺惺地示好，背地里给莫扎特设下很多障碍，一步步害死了这个对手。戏中的萨利埃里说——到处都是庸才，我代表世界上所有的庸才，我是你们的圣人。

我走出剧场，有点儿悲哀地想，我们这些庸才该怎么办呢？我当然不认同萨利埃里的做法，但不得不思考他提出的问题。我早知道自己资质平平，高中三年就是智力不断被碾压的过程，遇到考试，常年排在班里的倒数第二。天无绝人之路，搞不懂物理化学，我还能看看徐志摩郁达夫吧。所以我上大学读了中文专业。可我很少去上课，每天睡懒觉，看会儿小说，谈谈恋爱，踢踢球，还会去看电影，看话剧。看看《上帝的宠儿》，看看《推销员之死》。我基本上回避了学业上的竞争，又觉得自己有才华，可是也没啥证据。如果非要有什么证据呢，就是我比同学们更懒，更消极。

用一个美学概念来说，我那时具有了一定的“消极能力”，或者说叫“消极感受力”。这个词是两百年前，诗人济慈给他弟弟的信中说的——消极能力，就是说，一个人能经受不安、迷惘、疑惑，而不是烦躁地务求事实和原因。我觉得吧，济慈这个词，也就是随口一说，可后世学文学的学生，总免不了要拿这个词做论文，把它弄成一个美学概念。济慈一辈子写了不少信，好多信都是开口向朋友借钱，他游手好闲，没有成家立业，就是写诗，天天都在感受美。这样的生活当然不能持久，所以他二十六岁就死了。偏偏他留下几首不错的诗，以至后世的青年都相信，要写出好诗，就该整天消极着、迷惘着。越消极越有才华。其实呢，庸庸碌碌的成功者不少，真正天赋异禀的才华却很罕见，如果你想跳舞、唱歌或者写作、画画，总会有人跟你说，你没什么才华。

你有一位张叔叔，他说，希望有一台机器，显示每个人在人类中的排名，以才智和努力来打分，每天早上更新一次。他说，早上看到自己的排名下降了，就赶紧起床用功；看到自己的排名上升了，就更有信心地起来用功。这位张叔叔，估计从小就在班里排名第一第二，他说未来青年的竞争是在全世界的范围内展开的，所以要时刻搞明白自己在世间的位置。张叔叔这台幻想中的机器，让我想起英国小说《鲁滨孙漂流记》中的主角，鲁滨孙一个人漂流到孤岛上，担心自己忘记计算日期，就用刀子在一根柱子上刻下，我于1659年9月30日在此上岸。他把柱子做成一个十字架，立在岛上，在这柱子四边，鲁滨孙每天刻一个凹口，每七天刻一个长一倍的凹口，每一月刻一个再长一倍的凹口。这样，他就有了一个日历，可以计算日月。后来他从一条破船上抢救出账簿、墨水和笔，马上就开始记账。账本里记载着他使用的各种物品，生产这些物品所必需的劳动时间，他就这样给自己做会计。要说英国能成为日不落帝国，肯定是因为有鲁滨孙这样的人，而不是因为有济慈这样的人。

济慈有一封很有名的信是这样写的：我们切莫急匆匆

地乱窜，像蜜蜂那样不耐烦地嗡嗡作响，在一门知识范围内四下寻觅。我们应该像花那样张开叶片，处于被动和接受的状态，在太阳神的注视下耐心地发芽成长，并且从每一个惠顾的昆虫那里获取灵感——它们给我们带来吃的，露水是给我们喝的。美丽的晨光给我闲适之情，我没有读任何书，早晨对我说，你是对的。除了晨光之外我没想别的，鸟儿对我说，这样很好。

掌握一点儿心理分析，就能看明白，济慈这篇大自然的礼赞，有太多的隐喻。他首先写的是一个人所需要的东西到底能少到什么样的程度，像花一样吃点儿露水就能饱，然而，又不承担授粉、繁殖的责任。诗人在暗示，别人借给他钱，就是给一朵花带来的露水，这就不用再说啥还钱不还钱的了。济慈接着在歌颂那种不带目的性的、非强迫性的关系，太阳、花朵与昆虫，各自美丽着，各自生长着，彼此没啥契约，也不是雇佣关系，这样诗人就为自己不去努力工作找到了大自然中的正当性。不工作会带来一点儿犯罪感，不工作还自得其乐也会带来一点儿犯罪感，诗人有身体上的懒惰，诗人还有智识上的懒惰，他没读书！但是，诗人要用晨光和鸟儿消除他的罪恶感：你是对的，你他妈说什么都是对的！这样很好，你无所事事就是很好！

人不能只靠露水活着。努力工作，参与竞争，这是逃不掉的事。然而，有一点消极能力，可以让我们更好地感受美。英国有一位老先生叫罗素，年轻时搞数学，后来觉得自己的智力不够，就去搞哲学，然后发现自己的智力也不够，就呼吁世界和平，写心灵鸡汤，其中一本叫《幸福之路》，他说，过于重视竞争，过于重视成功，将之视为幸福之源，实则种下烦恼之根。成功的感觉的确是人生之乐，金钱也能增进幸福。但人们也要有享受的能力，许多教育是在训练一个人的享受能力，这里所说的享受，是全无教育的人所无法领略的微妙享受，比如从文学、绘画和音乐中感受到的乐趣。你还有一位陆叔叔，他说有钱人看不上穷人，穷人能感受到这种歧视；有文化的人也看不上没文化的人，但没文化的人很难感受到这种歧视，因为敏感也是习得的。

再回到首都剧场的那个晚上，现在的我来回复一下当年的疑惑。我可以肯定地说，有太强的好胜心并不好。人生在世，总免不了竞争，有些人以竞争为乐，与人斗其乐无穷，但我想，只要能忍受一下竞争的关系就可以了，能从不断的失败中翻检出一点儿好处也不错。在这个问题上，早早承认自己没有多少才华，更不是莫扎特也不是达·芬奇，这会避免许多痛苦。我们需要一点消极能力，不只是用它来感受美，也用它来软化一下粗粝的生活。不过呢，人起初靠理想活着，到后来活得有点儿自知之明，其间充满了痛苦。

其三
过一种有道德感的生活

梅岗镇的故事

小小的婴儿学着吸奶，这样简单的动作也要摸索。我在旁边帮不上什么忙，但我要学着做父亲。给你擦屁股换尿布，开始手忙脚乱，很快驾轻就熟。等你睡了，我重新读了一遍《杀死一只知更鸟》。据说，每一个当爸爸的人，都应该读读这本小说，思考一下怎么当个好爸爸。

我很早就看过这个小说，还看过好几遍电影。故事是这样的：在梅岗镇，有一位单身父亲，叫芬奇，他有一儿一女，有一位黑人女仆帮助他料理家务。一家人平静地生活着，直到芬奇律师接下一个官司，要为一个叫汤姆的黑人辩护，汤姆被诬告犯下强奸罪，镇上的白人大都觉得他该死，他们认为芬奇律师不该为这个黑鬼辩护，但芬奇律师坚持要为黑人汤姆辩护，他的辩护很成功，可陪审团依然判汤姆有罪。

里面有这样一段，黑人汤姆被关在监狱里，芬奇律师守在监狱门口，这天夜里，镇上的白人开着四辆车来到监狱，他们要对汤姆处以私刑，这些人大都穿着背带裤和斜纹棉布衬衫，衬衫上的每一颗扣子都系着，有几个人的帽子直压到耳朵上。他们一个个面色阴沉，睡眼惺忪。他们要逼芬奇律师离开，芬奇律师一个人，无论如何也对付不了这一群人。这时候，芬奇律师的小女儿来了，她在这群乌合之众里认出了一个熟人，是她同学的爸爸，她叫他坎宁安先生，这位坎尼安先生，和芬奇律师打过交道，还曾给芬奇一家送来一袋子核桃当作律师费，小姑娘认出坎宁安先生，就和他攀谈起来。坎宁安先生呢，支支吾吾，说了没两句就招呼同伴撤退了。坎宁安先生为什么走了？可能来的时候，他就知道自己要做的事是不对的，要是没有一群人吆三喝四的，他自己断然不会来。他被小姑娘认出来，他就不再是集体中的一员，他就要为自己的行为负责，就要重新审视自己的行为，这就是具体的个人，和集体中一分子的区别。小姑娘描述这一群人，说他们身上有威士忌和猪圈的味道。相信我，大多数集体行为中都有一股酒味和臭味，最好不要跟着一群人去干一件你自己未必会干的事。世上大多的纷乱，就缘于人们不能安心地待在自己的屋子里。

我记得这个电影的黑白色调，格利高里·派克扮演的芬奇律师真是帅极了。有一阵子，我特别迷恋法庭辩论戏，总觉得凭借三寸不烂之舌就能伸张正义，然而，芬奇律师在法庭上的那段演讲没能说服陪审团。他太儒雅，太隐忍，诬告者向他脸上吐口水，我以为他会动拳头，可他掏出手绢，擦干净。我小时候觉得，这电影太不过瘾，等后来才明白，在一个不公正的地方，讲道理没有用，动拳头也不好使。芬奇律师向孩子解释——陪审团的十二个陪审员，在日常生活中都是懂道理的人，但是在法庭上，他们变得不讲道理了，在这个世界上，有一种东西可以使人丧失理智——即使他想公正也办不到。在我们的法庭上，如果是白人跟黑人打官司，白人会赢。这种现象是丑恶的，但这是生活中的事实。芬奇律师说，他不想让孩子看到现实世界中的丑恶，但没办法，孩子还是会看到。芬奇律师说，有些事情，明知道会失败，但还是要去做。他说，孩子会以他为榜样，他要正直地生活，可以毫无愧色地回头看着自己的孩子，如果他纵容丑恶的事情，他就没脸见孩子。芬奇的孩子看到了哪些丑恶呢？世间的不平等，人与人之间的互相歧视，人们受到煽动要对一个人处以私刑。那个诬告者，是一个彻头彻尾的坏人，他最后竟然想害死芬奇的两个孩子。蛮横无理的邻居总是危险的。

有了孩子就不能再去鄙视这个世界，因为这是我们将孩子放入其中的世界。孩子让我们关心世界，关心它的将来，并希望融入到它的喧闹与混乱之中。没有孩子，我们可以做一个愤世嫉俗的洁身自好者，有了孩子，就要教会他面对世上的愚蠢和丑恶。我知道这非常艰难，要过很久，孩子们才能以悲悯之情来回味这种艰难时刻。如果做不好，我们就会为这世上的愚蠢添砖加瓦而不自知。

芬奇律师是一位英雄，他不抽烟，不喝酒，不赌博，不打猎，但实际上他是一个神枪手，他在电影中拿起枪，打死了一条疯狗。他洞察世事，坚信公正与平等的原则，他伸张正义，给孩子做出榜样。与这样的勇敢者相比，我无法做一个合格的父亲。我是个懦弱的人，手无缚鸡之力，既不相信平等能够实现，也不相信正义能够运行。我知道在一个野蛮的地方，要费很大的力气才能做到最基本的洁身自好。芬奇律师在他的正义行为之中，暗含着一个内心的道德律。他和儿子之间有一段对话——

儿子："一定是你错了。"

父亲："为什么是我错了？"

儿子："大多数人认为他们是对的，你是错的。"

父亲："他们当然有权这样认为，他们的看法有权受到尊重。但是，在处理好与他人的关系之前，我首先得处理好与自己的关系。一个人的良知并不遵守少数服从多数的准则。"

我想，这就是芬奇律师内心的道德律条：在处理好与他人的关系之前，我首先得处理好与自己的关系。一个人的良知并不遵守少数服从多数的准则。

我当不了英雄，但我有百分之百的信心，能践行这一条道德律，我还能给你做一个榜样，让你也这样干。这本小说中有一个角色叫莫迪小姐，她有一所老房子和一个漂亮的花园，她总把自己的花花草草打理得非常漂亮，可有人不喜欢她的花园，浸礼会的教徒总诅咒莫迪小姐会和她的花草一起下地狱。莫迪小姐对芬奇律师的孩子说，有些人手里的《圣经》，还不如芬奇律师手中的酒瓶呢。对芬奇律师，莫迪小姐有这样一句评价：要说他有什么和别人不一样，他是个文明人吧。

与“英雄”这个词相比，我更喜欢“文明人”这个词，我们都努力当一个文明人吧，即使在我们这个非常野蛮的地方。

悲惨世界和坏世界

多年前，我在家门口的电影院里看到了《悲惨世界》，连续看了四遍，电影开头有一行字幕：只要世上还有苦难，这个故事就会流传下去。冉阿让偷了一块面包，被判罚五年苦役。后来他变成了一个有钱人，乐善好施，还当上了市长，他帮助妓女芳汀，救助孤儿珂赛特。电影里面有个贪婪的坏人，名叫德乃第，他写信的时候问："绝望的绝怎么写？"他的女儿回答说："绞丝旁加色。"德乃第说："绞丝旁放在左边还是右边？"我觉得这对话太有意思了，难道法国人会用汉字写信？

后来，我在伦敦西区看到音乐剧《悲惨世界》的大幅广告，一个青年在街头堡垒中挥舞着红旗，跑去买票，才知道场场爆满，《悲惨世界》是全球上演次数最多的音乐剧之一。前两年，安妮·海瑟薇主演的《悲惨世界》上映，音乐剧中的那几个著名唱段顿时流行起来。这个故事我反复看了三十年，它在我心中激发的道德震荡却越来越小，最早的那个少年，在电影院的木头椅子上，梦想一个更人道的世界，后来的中年人，躺在沙发上，看音乐剧纪念版蓝光碟，惊叹于德乃第夫妇的那一段对唱，觉得这两个人太诙谐可爱了。

肯定有什么单纯的情感在这个过程中丧失了，一个富有同情心的少年变成了一个漠然的中年人。有一位经济学家说，两百块钱能给自己的孩子买一个玩具，也能让一个穷苦孩子交上一年的学费，但绝大多数人都毫不犹豫把钱花在自己孩子身上。他说的没错。有一次，我在网上看到一个视频，一个胖小子朗读《联合国儿童权利公约》，孩子有权要求更好的医疗，更好的教育，等等，奶声奶气的，听着聒噪。你知道有些大人，非常讨厌吵闹的孩子，我看了那个视频忽然明白，一个孩子即便不说话，也会显得吵闹，因为他无声地提出了要求，更好的医疗，更好的教育，更人道的世界，而那些不耐烦的大人们（包括我），没办法给他这些，那些不耐烦的大人们只想照顾好自己。

为什么会这样？首先是因为自怜吧。每个人的生活都不容易，我们应付着自己的难题，疲惫，就没力气去关心他人的困局。其次呢，面对生存压力，我们每个人都要变得麻木一些。有一位英国作家说，如果我们有敏锐的目光和感受去体察他人的生活，那种感觉就会像聆听青草生长和松鼠心跳的声音，寂静另一侧的巨响或许会要了我们的命。正因如此，我们当中最敏锐的人在四处走动时，封闭了自己的感官。再其次呢，大人总夸大自己微小的善意，以为自己做了一些微不足道的好事，就能促进这世上善的增长，反正良心上过得去。

你赵大爷写过一本书叫《坏世界研究》，他说，资源有限，人人自私，只要有这两个缺点，我们就注定处在一个坏世界当中。按照赵大爷的说法，我这样的小文人，只注重个人感情的表达，不关心公共事务，浑浑噩噩，漠视他人的苦难，是不好的。他说，一个社会以财富为最高价值，人人见利忘义，这就鼓励了贪婪和理性，财富上的贪得无厌必定需要理性的斤斤计较，这样的社会虽然有克制、守约和勤劳这些平凡的美德，但它缺少智慧、勇敢、慷慨等伟大的美德。

赵大爷的哲学书不太好理解，我来一段回忆吧。大概是我上小学的时候，我和邻居的几个同学一起去什刹海游泳，那是一片开放水域，有的地方深，有的地方浅。我不会游泳，套在一个塑料救生圈里漂浮，我们嬉闹着游到了深水区，忽然，有一个同学，使劲挥动胳膊向我游过来，水太深了，他游不动了！他抓住我的救生圈，神情非常紧张，我一下害怕起来，非常害怕，我跟他说，不要抓我的救生圈！那个塑料救生圈很小，软塌塌的，似乎还在漏气，他不肯松手，抓着我的救生圈，我想挣脱开，想把他踹开，可我在水里太笨拙了，只能由他抓着。我感觉我们就要沉下去了，小心翼翼地漂着，不敢喘气，过了好一会儿，我们回到了浅水区，回到了岸边。那天游泳回来，我想了很久，如果我踹开他，他会不会被淹死？我应该怎么做才是对的？我真的被吓坏了。什刹海出租一种黑色的橡胶救生圈，是用汽车轮胎做的，很大，我要长得再高大一点儿，才能用那种黑色轮胎，那样的救生圈肯定很结实。用这个比喻来说呢，后来的生活都像是在海水中漂浮，我时刻抓紧自己的救生圈。

我们这一代人最重要的事，就是让自己过上好日子，用自己的钱给孩子买来更好的医疗和更好的教育，也许还会移民，换一个身份。世上有诸多不平等，国籍就是生来不平等的。在我长大的过程中，我爹三番五次地对我说，我就希望你过得比我好，他还不断告诫我，社会是复杂的，你的想法不能太单纯。后来我明白，他所说的复杂，不外是在资源有限、人人自私的状况下，要经历一番争斗才能过上好日子。这个目标单一的生活，谈不上多复杂，复杂的是这个世界的运行。有一位哲学家是这样说的，我们总是不得不生活在一个不完美的社会里，不只是因为最好的人也是不完美的，也不是因为我们知道的不多，我们常常犯错误。比这两方面更重要的一个事实是，世上总存在着价值观不可解决的冲突，有许多道德的问题无法解决，因为道德原则就相互冲突。

举一个例子吧，那些表现苦难的文学，总能激起我们的同情心，但那些作品是不是就有更高的德行呢？有一位文学教授是这样说的，对人类痛苦进行的文学再现受到某种礼仪的制约，这种礼仪规定，赤裸裸地对人类痛苦进行再现是一种自我放任。这种残酷行为并不是悲剧，悲剧总会引导我们看到更深刻的东西。我们观看悲剧时会产生愉悦感，会有负罪感，也会产生某种理性。单纯地描绘人间惨剧，是对阴郁生活的真实写照，但这样的作品也表现出道德上的惰性。对不起，我说的有点儿复杂，可能是我脑子里就比较混乱吧。不过，成长的过程就是变得复杂的过程，简而言之，你得容纳两种相互矛盾的观念在你心中并行不悖，比如说，这是一个悲惨的世界，需要建立一种更人道的生活；同时，这是一个坏世界，人类的悲欢故事和胜败历史都在其中。

神的一些教诲

大概是2006年，年底的时候，我们组织了一场诗歌朗诵会。有个叫沙东的小伙子，用拉丁语朗诵了一首赞美诗。他是天主教徒，在长沙长大，小时候跟着一位教士学了点儿拉丁语。后来他考上了北京广播学院，经过四年的专业训练，从一个口齿伶俐的文艺骨干，变成了一个结巴，他能流畅地朗诵，但平素说话总会有点儿结巴。过了几年，我得知，他在西什库教堂组织了一个青年唱诗班，每到周末，大家就聚在一起学唱赞美诗。他还说，他们打算恢复西什库教堂的管风琴。

西什库教堂曾经有一座大管风琴，“文革”时，教堂划归北京第三十九中学，用作音乐教室和体育馆。中央音乐学院就用一台钢琴交换教堂里的管风琴，他们把管风琴的每一个部件都编上号，小心翼翼地拆走，想找个地方重新组装起来，但这东西体积庞大，结构复杂，诸多部件在音乐学院的仓库里积满了灰尘，最终丢失。西什库教堂的信众想把管风琴重建起来，请来一位德国专家，想从德国买一个大管风琴回来。沙东带着那位德国专家，沿着生铁铸成的旋转楼梯，爬上西什库教堂的唱经楼，德国人手里拿着一张A4打印纸，上面是老管风琴的照片，标注着老琴的规格，德国人说，他们的琴厂有一千年的造琴历史，质量和价格都比捷克的琴高很多。

天津西开教堂筹钱，安装了捷克的管风琴。有一年冬天，我和沙东，还有一位老琴师，一起去了趟天津，我在西开教堂听到深沉而广阔的琴声，听到了巴赫，外面大雪纷飞。我还去西什库教堂参加过一次唱诗班的学唱，学会了很简单的一首歌，歌词只有反复吟唱的一句——上主富于仁爱宽恕。我不是要参加慕道班，我对宗教始终是一种审美的态度。我原来工作单位的领导老朱，是一个资深的古典音乐爱好者，他教我们欣赏古典音乐就是从《格里高利圣咏》开始的，然后我又听了《马太受难曲》啊，《弥赛亚》啊。我们没有什么宗教生活，但借助这些作品，生活似乎多了一个维度。比如说我们要学会和不同信仰的人一起生活。再比如说，我们可以获得一种更辽阔的时间感。

人们可以用几年的时间毁掉一架琴，也可以用几年的时间修复一架琴。人们可以用几十年的时间建造一座教堂，几十年的时间也足以让一座教堂荒废。物理形态的东西是容易毁坏的，但有些东西是不可度量的，建筑大师路易·康这样说："从太空看地球，巴黎、伦敦这样的伟大建造都会消隐，变得无关紧要，而《托卡塔》和《赋格曲》这样的音乐却没有消失，它们是不可度量的，最接近于不可消失的事物。”伟大的音乐带给我一种异样的时间感，浩渺千年，我们非常渺小。有一首西方的古诗是这样说的：“从前，人的一生明显悲戚地奄奄一息，在大地上承受着宗教的深沉压迫，宗教昂首天宇，在凡人头上摆出一副恐怖的样子。”我们可以说，那个年代是黑暗的，长达数百年，生活在其中的人们是不幸的。不过呢，现在我们也未必脱离了黑暗时代。

1997年夏天，我用九千六百块钱攒了个586电脑，学会了收发电子邮件，学会了上网。但电脑一般是打游戏用，我还没有见识到网络世界的美妙。直到那年8月底，戴安娜去世。我在雅虎和CNN上看到好多篇新闻报道，一个链接跟着另一个链接，我每天吃过晚饭就拨号上网，“猫儿”发出刺耳的声音，等好长时间，才能显示出国外那些新闻网站。看了大概有一个星期，忽然看到特蕾莎嬷嬷去世的消息，看到戴安娜与特蕾莎交往的故事，知道特蕾莎修女的种种事迹，知道印度要为这位修女举行国葬。我还知道了一串语录，叫anyway，据说特蕾莎修女将这段话刷在加尔各答救护所的外墙上，其中有这样的句子：人们经常不讲道理、没有逻辑、以自我为中心，不管怎样，你要原谅他们 / 即使你是友善的，人们还是会说你自私和动机不良，不管怎样，你总是要友善／即使你诚实坦率，人们可能还是会欺骗你／不管怎样，你要诚实坦率。

我那时还年轻，心地善良，有许多美好的愿望和理想，容易被一些美好的句子蛊惑，从安贞桥骑自行车到安定门净土胡同的杂志社上班，也愿意拿一些美好的句子去蛊惑他人。我们那栋办公楼是一家冰箱厂的车间改造的，门口左右的砖墙空落落的。我们的领导老朱正要粉刷，我就提议，把这段特蕾莎语录刷上去，没想到他真的答应了。说实话，我觉得在北京的胡同里刷上这么一大段道德训诫，实在太装腔作势了。蓝底白字涂上去之后，就有胡同里的北京大爷对着语录一字一字地念，每遇到这种情况，我就羞愧难当。说不清为什么，高尚的愿望在我们这里总会引来一丝羞愧。

后来我才知道，这段语录并不是特蕾莎修女说的，它来自1968年学生运动中的一个小册子，原本的标题是“悖论戒条”：

> People are illogical, unreasonable, and self-centered. Love them anyway.
>
> Honesty and frankness make you vulnerable. Be honest

and frank anyway.

The biggest men and women with the biggest ideas can be shot down by the smallest men and women with the smallest minds. Think big anyway.

这些戒条传播于世，时时有人增删，据说特蕾莎修女增加的最后一句是：

You see, in the final analysis, it is between you and God; It is never between you and them anyway.

特蕾莎出生在马其顿，生命中绝大部分时间都是在印度为贫苦人服务。1997年去世时，她的仁爱传道修女会已在全世界一百二十七个国家开设了六百多个分部，其下包括弃婴收容院，麻风病中心，救助吸毒者、酗酒者、艾滋病人等。据说，BBC曾去加尔各答的“纯洁之心”收容所拍摄一个纪录片，收容所里光线很暗，记者们说，根本无法拍摄，是浪费胶片。但最后拍出来的照片光线合适，有一种解释是，那些修女们从事的事业是如此伟大，以至于她们身上都放射出光辉。

由特蕾莎修女引起的兴趣，我看了汉斯·昆的《论基督徒》，世上存在着、而且人的一生都存在着放弃信仰的诱惑，同时也存在着排除一切干扰保持信仰的挑战。汉斯·昆用很通俗的语言说："信徒像恋人一样，得不到可以提供给他安全感的最终证据。但是信徒也像恋人一样，只要全心全意地忠实于另一方，就会完全确信另一方。这种确信是比证据所确定的安全感更强大有力的。"我看这本书只是想了解一个神学家怎么看待科学和理性，当然，我从这本厚厚的著作中也得到了一点做人的教诲——从基督方面看，下列做法也有意义：不时时刻刻追求，不时时刻刻想方设法购置一切；不受威望和竞争规律的控制；不崇拜富有。这是基本的态度：俭朴谦逊中的满足和泰然处世的信心。这一切都和蝇营狗苟、胆大妄为的傲慢及在物质上的患得患失针锋相对。

2007年，戴安娜又一次成为热门人物，她的照片再度出现在杂志封面上，她的衣物也搬到澳大利亚去展览。那一年9月的一期《时代》周刊，封面是特蕾莎嬷嬷，这个封面故事说，在特蕾莎去世十年后，她的一本书信集将要出版，这些私人信件显示，很长一段时间，这位修女都怀疑上帝是否存在，她总哀叹"黑暗""孤独""痛苦"，她说"微笑是一种面具，能掩盖所有事"，她怀疑口口声声宣扬上帝的爱是不是一种“伪善”。那时候，已经有一个叫希钦斯的知识分子写书抨击特蕾莎修女的伪善，他说，特蕾莎并没有真心帮助穷苦人，她认为受苦能接近上帝，祈祷比医疗救助重要，传教也比慈善重要，她的救护所里医疗条件糟糕，她也从来不公布善款的账目。希钦斯说的没什么错，特蕾莎做的也没什么错，她又不是红十字会的，她来自教会，传教是她的责任。理性地看待事物，和超越理性地去信仰，这本来就是不同的维度。而我们这里的风气是不相信什么圣人的，但凡有个圣人，都是伪善的，欺瞒的，大家都是通过丑化他人来净化自己的，都乐见一个圣人被揭穿、倒掉，这样彼此都不那么高尚，也就没什么负罪感。

有一位神学家叫朋霍费尔，1945年死在纳粹集中营里，他有一段语录:“如果我们费尽心机寻找别人身上的恶，那我们真正的动机显然是证明自己的公义，我们试图通过评判他人逃避自己的罪，并假定上帝的话用在自己身上是一个意思，而用在别人身上是另一个意思。”我们这里也有一句格言，常思己过，莫论人非。然而没啥人能做到，我们喜欢口舌是非，很少反思，很少忏悔。

2010年，我在网上看到一个消息，爱沙尼亚的作曲家Arvo Part去世，文章介绍他的生平和他宗教色彩浓厚的音乐，介绍他的一些言论，他说，一个民族被异族占领多年，恢复自身的活力就需要同样长的时间，被苏联统治的爱沙尼亚要五十年，东德要四十八年。他还说，精神生活中有一条重要的准则，被人们淡忘，那就是常念自己的罪较他人为多。说来惭愧，我是四十出头才知道这条准则的，过了好几年也未能践行，你要是打算过一种好点儿的精神生活，还是该知道有这么一条准则的。

记住两句语录不难，把语录贴在墙上也不难，有些非常简单的准则是来自神的教诲，付出极大的努力也很难做到。所谓在人不能成，在神能成。

做一个有教养的人

有一部美国小说叫《了不起的盖茨比》，开头第一段非常snobbish：我年纪还轻，阅历不深的时候，我父亲教导过我一句话，我至今还念念不忘。“每当你想批评什么人的时候，”他对我说，“你要记住，这世上并非每一个人都有过你拥有的那些优越条件。”

小说的叙述者叫尼克，来自一个富裕家族，和父亲一样毕业于耶鲁大学。美国不像英国那样有贵族头衔，所以他们把名校毕业当成可以传承的光环。我以前读这个小说，只注意到尼克乐于倾听，较少评判，很适合讲故事。前些日子，我又读了一遍这个小说，想看看尼克还有什么优良品质。有了你之后，我总担心自己教养不够，回头带你出门，你在机舱或者高级餐厅里大呼小叫，周围那些自以为是的傻逼投来鄙夷的目光，我一定会觉得丢脸。我生长于一个平民家庭，没受过精英教育，在许多重要场合都不够得体。有一次我参加一个高级宴会，喝了点儿酒，耳朵里痒痒，就用餐巾纸弄了个捻儿，掏耳朵，一位女士俯身上来说，你怎么在这样的场合掏耳朵呢？我非常羞愧。我们应该更体面一点儿。所以，来看看耶鲁毕业的富家子弟有什么优良品质。

卡拉维家族在中西部一直做五金生意，但尼克退役之后，到纽约进入金融行当，住的地方租金并不贵。他的邻居盖茨比每逢周末就搞大派对，喝香槟，放焰火。尼克去参加派对的时候，特意强调，盖茨比先生派司机送来了一份请柬，而聚会上的很多人都是不请自来的。年轻人容易陷入一种“我怕好事落下我”的状态，FoMO综合征，Fear of Missing Out，他们想夜夜笙歌，结交有权力的人、有名望的人、有意思的人，尼克对盖茨比很好奇，但还是有耐心等一份郑重的邀请。

尼克帮盖茨比见到黛西，盖茨比提出，既然你买卖债券，不如我们做一单生意。尼克拒绝了这个提议，举手之劳不需要金钱回报，做到这一点并不难。难的是根本不给对方出价的机会，世间多市恩贾义之人，暗中为自己的行为标了个价钱。黛西的丈夫汤姆是个高傲自大的家伙，书中死去三个人，多少都因他的行为导致，但他并不觉得愧疚。尼克深知，基本的道德观念在人出世的时候就是分配不均的，所以他也不会尝试让汤姆或黛西有什么负罪感。

书中的尼克谈了两次恋爱，第一次一笔带过，第二次也是轻描淡写，他能干净地处理男女关系问题，即便有隐痛也不会优柔寡断，所以能更舒适地投入一段新的约会，书中的乔丹小姐是个高尔夫球选手，有金黄色的皮肤，尼克和她约会时有一段动人的描写："我的眼前没有什么情人的面影沿着阴暗的檐口和耀眼的招牌缥缈浮动，于是我把身边这个女孩子拉得更近一点，同时胳臂搂得更紧。她那张苍白、轻蔑的嘴嫣然一笑，于是我把她拉得更紧一点，这次一直拉到贴着我的脸。"

把小说中的角色当成真实人物来分析，是非常孩子气的。但我阅历有限，在现实中不认识什么富家子弟，也不认识哪个称得上是道德楷模的，我只能从小说中找点儿人物来分析。这本《了不起的盖茨比》可以当成一本成长小说来看，尼克看到盖茨比、汤姆及黛西的所作所为，自然是长了见识，会更懂得人情世故。实际上，好多小说都能当作成长小说来看，比如《傲慢与偏见》，达西先生本是个很有教养的人，但免不了对伊丽莎白所在的那个阶层存有一点儿傲慢，经过一番恋爱，他会变得更好。有人统计过，《傲慢与偏见》中，manners 这个词一共出现了一百一十三次，英国小说中有一个传统就是讨论道德和教养问题，据说这是受爱德蒙·伯克的影响，这位政治家说，教养比法律还重要，有教养的人会尊重秩序与传统。他有一段话经常被人引用，我抄录在此：在尊重人的地方成长；从出生开始，眼中就无低下和卑贱的事物；被教导自重；习惯于社会眼光的检视；及早留意公众意见；能够站在高处观望，对整个社会复杂多变的人事有更透彻的认识；有闲暇时间阅读、反思、交谈；不论身在何处，都能得到智者学者的重视和肯定；习惯于令下必从的军旅生活；被教导在追寻荣誉和责任时藐视危险；在有过必罚，极小的错误就会招致极度毁灭的环境中，培养出最高程度的警觉性、远见和审慎；能够被引导在行为上有所规范；要把自己当成是大众在重要议题上的典范；做上帝和世人之间的调停者；受雇为执法人员和司法人员，因此能最先造福世人；成为高等科学、文科和高等艺术的教授；成为富有的商人，而且可以从他们的成功当中得到敏锐的理解力，还能习得勤勉不息、井井有条和行为有常的美德；能培养仗义执言的习惯。

伯克这段话是对英国上层社会子弟的期望，他是个政治家，免不了站在统治阶层的角度看问题。英国也很少有这样的子弟，能做到上述要求的，我第一个想到的就是“阿拉伯的劳伦斯”。这段话有一小部分我不认可，比如军旅生活司法人员这些职业建议。但很大一部分我都是赞同的。

俄罗斯作家契诃夫写过一篇文章谈教养问题，我对他说的每个字都赞同，所以在这里转述一下。契诃夫说，成为一个有教养的人，要做到以下八条：

第一，尊重人的个性，永远宽厚。

第二，不仅仅怜悯乞丐和猫，甚至要为看不到的事情而心里难过。（老苗批注：这第二条，大概是小说家才具备的移情能力。契诃夫小说里的主人公，不爱最接近他的人，却爱那些离他最远的人，遐方绝域的黑人、中国的苦力、乌拉尔山僻处的劳工，这些人的困境比邻人的不幸更让他强烈地感到一种道义上的痛苦。这样泛滥的同情，可以让我们对人性中的瑕疵不那么计较，更宽厚地对待他人。）

第三条，他们尊重别人的财产，有债必还。

第四条，他们不说谎，不虚伪，不卖弄自己。由于尊重别人的耳朵，他们常常保持沉默。［老苗批注：这第四条有必要展开说一说，真正虚伪、撒谎成性的人并不多见，但现实生活中常常能碰到喜欢自我吹嘘、继而自我蒙骗的人，英国大学问家约翰逊强调过“虚饰”（affectation）和“虚伪”（hypocrisy）的差别，他有一篇文章记述一辆马车上相遇的六个陌生人，其中一位抄写员强调自己和许多大法官私交甚厚，一位管家说他和公爵过从甚密，一位经纪人的文书总宣称自己参与了许多大额的股票交易。这些人的虚饰，用北京话讲就是“吹牛逼”，他们在陌生人面前扮演一个更好的自己，只是为了自我感觉良好。把契诃夫的话用北京话翻译一下，那一句“不卖弄自己”就是不吹牛逼。吹牛逼是一种人性弱点，也是一种地域特点，你生在北京，就会发现北京人特爱吹牛逼。但好在他们也喜欢自嘲。]

第五条，他们不糟蹋自己来博得别人的同情。

第六条，他们不好虚荣，不会因为在沙龙里碰见熟人就高兴，在酒馆里出名就沾沾自喜，他们嘲笑这句话，“我是舆论界的代表”。（用现在的时髦话说，“我是KOL”。）（老苗批注：虚荣心和势利眼是很难克服的毛病，但是，我们可以努力把虚荣心藏起来，也别表现得太势利眼。）

第七条，如果他们有才能，他们就尊重它。他们为它牺牲安乐、女人、酒、浮华。

第八条，他们有美学的修养。（老苗批注：契诃夫这篇文字实际上是写给他兄长的信，这位兄长是个画家，总怨天尤人，说别人不理解他。生活中一些有才华的人，喜欢抱怨，喜欢糟蹋自己博得他人的同情，在读到契诃夫这封信之前，我没有意识到这样的行为是对自己的才华不尊重。）

契诃夫最后总结说，要让自己有教养，光读狄更斯和《浮士德》是不够的，要不间断的、夜以继日的工作，经常的阅读和钻研，要有毅力。伟大作家有一个标志，他们在往某一个地方走，也召唤你往那边走。我们向契诃夫学习，做一个有教养的人。

莫里诺少校

我上初中的时候，有一篇课文叫《我的叔叔于勒》，是莫泊桑的小说。记得在课堂上，我被老师叫起来，朗读这篇课文。我总把“牡蛎”读成“杜蛎”，我那时候根本不知道牡蛎这玩意儿是啥，过了好多年才吃到，挤上一点儿柠檬，吃下去海风和海水的味道。莫泊桑的小说浅显易懂，能让我们思考好多道德问题，这篇《我的叔叔于勒》还留在中学课本上，估计你会读到。等你学到这篇课文的时候，我再给你讲讲《羊脂球》的故事。

霍桑有一篇小说叫《我的堂叔莫里诺少校》，讲的也是一位叔叔，却是少年罗宾的成人礼。我把这个故事讲给你听。

罗宾十八岁，乡下孩子第一次进城。他健壮，手里拿着一根短木棍，兜里有几块零钱，他的父亲是一位乡村牧师，打发他到波士顿投靠堂叔莫里诺。莫里诺少校是波士顿的管理者，那时候波士顿还属于英国殖民地，但那里的民众正酝酿着一场暴动。罗宾下了船，就恭敬地向一位老者打听莫里诺少校的住处，老头儿的脾气可不好，他训斥罗宾：“我不认识你说的那个人，你最好走开。”罗宾饥肠辘辘，就进了一家小饭馆，饭馆老板起初很客气，可知道罗宾身无分文之后，立刻把他轰了出来。饭馆里的食客对他满是敌意和嘲讽。罗宾在街道上转悠，月光照下来，有一间陋室的门半开着，一个女人穿着鲜红色的衬裙站在门口，罗宾走上前，打听莫里诺少校的住址，那女人说："莫里诺少校就住在这里。"罗宾不傻，他知道有什么地方不对。恰在此时，一位巡夜人经过，红裙子的女人把罗宾扔下，独自上楼了。罗宾便向巡夜人打听，莫里诺少校住在什么地方？巡夜人根本不搭理他的问题，向他挥动着长棍说："滚开，流浪汉，要不然我就给你戴上枷锁。"

罗宾在深夜的街头拦下了一位魁梧的行人，那人身穿斗篷，一半脸涂成红色，一半脸涂成黑色，他告诉罗宾，在教堂门口的台阶上坐着，一小时之后，莫里诺少校就会经过这里。于是，罗宾就在教堂门口等着，他想家了，想到父亲在家中布道的场景，邻居和路人都能参加，那肃穆的祷告让人心里宁静。此时，一位绅士路过教堂，罗宾有点儿焦躁地发问："我在找我的堂叔莫里诺少校，难道我得在这里等一晚上吗？"这位绅士好像是他在波士顿遇到的第一个友善的人，他说，莫里诺少校很快就会经过这里，他愿意陪着罗宾一起等待。

很快，街上传来叫喊声，许多乐器发出杂乱的响声，许多人发出狂野的大笑，这些声音越来越近，一场盛大热闹的欢庆活动在月夜中来临。人群走过来，领头人骑在马上，一半脸是红的，一半脸是黑的，队伍中有许多怪模怪样、奇装异服的人，这支队伍在教堂前停下，一辆马车正停在罗宾眼前，周围的火把发出亮光，就在车里，坐着罗宾的堂叔莫里诺少校，他浑身涂满了柏油，粘满了羽毛，他高大威武，但脸色苍白，他的额头因痛苦而抽搐，两眼发红，嘴边有白沫，暴动的群众正在羞辱他，拉着他游街。罗宾看着这个肮脏的、体面尽失的堂叔，又是怜悯又是惊恐。就在叔侄两人认出彼此的时候，人群中爆发出一阵阵笑声，罗宾听到了红裙子女人的笑声，听到饭馆客人们的笑声，听到这个晚上所有取笑过他的声音。每个人都笑得浑身乱颤，罗宾也跟着笑了起来，而且笑得最为响亮。领头人给出一个信号，队伍又开始行进了。故事到这里就结束了，罗宾说他想回家去，而那位陪着他的绅士说，你是个精明的年轻人，无需莫里诺少校的帮助，也可以在这个世界立足。

这个小说到底是什么意思呢？文学评论家给出很多注解，比如游街的场面像是罗马农神节的欢庆，莫里诺少校被当作替罪王献祭了，而那个黑红脸的领头人是“暴动王”的角色。霍桑把一场暴动描绘成一场狂欢，少年罗宾被抛入一个狂欢的世界，也就跟着众人笑了起来。笑声表达了人们对更好的未来、更公正的秩序和更新的真理的憧憬。再比如说，一个少年丧失天真，再也回不到原来安稳的家乡，这就是他的成人礼。一个年轻人走进世界，变得破碎，再也黏合不到一起，这是常见的文学母题。小说的好处就在于它能表达非常含混复杂的意味，头脑简单的人不喜欢小说。

我读到这个小说的时候，已经不太能体会少年罗宾的心境了。我只能追忆，也许在十六岁、十八岁或者二十二岁的时候，年轻人会感受到外部世界的敌意，他想讨好别人，他想立足于世，他想投入狂欢，他要变得残酷一些。他很可能先对父母残酷起来，在他眼中，父亲和母亲是衰老的、顽固的，再无能力接受新生事物，他们变得滑稽，以为自己真理在握，以为秩序还是老样子。如果他可怜他的父母，他多少还能表现得温顺一些。然而，他很容易不耐烦，他想离父母远远的，他以为自己精明，他看到的这个世界和父亲讲给他听的根本就不一样。他还会有些怨恨吧，难以宣之于口却又纠结于心的怨恨。

然而，我早就不是这样的年轻人了。随着年龄的增长，我倒是可以体会少校的心境。少年罗宾来到波士顿投靠莫里诺少校，隐隐要过继给这位堂叔。温和的乡村牧师和仪表堂堂的少校都是父亲的形象，乡村牧师来到暴动中的波士顿，可能会遭到同样的羞辱，父亲的权威被虚张声势、无聊喧嚣、狂躁嬉闹的人群所践踏。他担心少年罗宾会遇到魔鬼一般的领路人，他也怀疑自己灌输给孩子的价值观与真实的生活格格不入。他被愚蠢无知又野蛮暴力的大众羞辱，身上是柏油和羽毛，他被取笑，但努力维持着最后一点儿体面。他不知道，在这场怪诞的成人礼之后，还能否和少年罗宾相处。那些黑暗的邪恶的冲动，也许对年轻人的成长有所裨益？毕竟，他腐朽的观念无法灌输给孩子，那些旧秩序不复存在，那些老的真理失去了根基，他维护的是自己错误的成见，他将衰老，以后是少年罗宾面对危险的茫茫人世。

我还不会骂人

有一天，我跟你娘开车出门，路上我咒骂一辆加塞儿的车，你娘说："别骂人，我现在对脏字可敏感了。就算不带着孩子，听到脏话我也不舒服。"我说："小孩子两岁的时候，能掌握三四个脏字，屎屁尿说起来没问题。"这不是我胡说，语言专家统计，小孩子上学之前，一般掌握二十个脏字，屎尿屁poopoopeepeefart具有特殊的魔力，说起来就开心。到青春期，会说三十到四十个脏字，青春期的男孩子是最喜欢咒骂的，而后渐渐收敛。成年人一般常用的脏字在二十个到六十个之间。

大概十岁的时候，我迷上了说脏话，经常和小朋友比赛，看谁能飙出一连串不重样的脏话。有一次我在学校说脏话，老师把我叫到办公室，厉声训斥："谁教你说的脏话？是你爸爸教的吗？"我无言以对，羞愧，同时感到愤怒。后来我常常会想起老师的这句训斥，她的语气和神态我早已忘记，也许她是嘴角带着轻蔑这样说的——"是你爸爸教你说脏话的吗？"我琢磨这句话的修辞，探究这句话为什么给我留下这样深的印记，原来她用了反讽手法，脏话本来是一种不体面的行为，老师把它说成是我爸爸传给我的一种家学，从而羞辱我和我的家庭。这大概是我第一次接触到讽刺（反讽），领略到其巨大的杀伤力。

大概是十一岁的时候，有一次课间休息，有个同学和我打闹，估计是把我欺负得够呛，正当我要奋起还击的时候，上课铃响了，他跑回教室坐下，我从操场上捡起一块砖头，咒骂着走进教室，发誓要把这块砖头砸到他的脑袋上。他就在座位上看着我，全班同学也都静静地看着我，我走到他面前，不敢下手，把那块砖头放到他课桌上，大哭着跑出了教室。后来我才知道，社会学家将哭泣和咒骂当成是同一类"泛滥而出"（floodingout）的行为。有一个笑话说，有一位老奶奶，问一个哭泣的小孩："你为什么在哭？"小孩子抽泣着回答："因为我还不会骂人。"平常我们能控制住自己，人与人之间不至于发生摩擦，但有时候我们会失态。

你在学习站立的过程中，偶尔会摔倒，头部撞在地垫上，咧着嘴哭起来。成年人有时也会摔倒，或者脑袋撞到玻璃上，或者用刮胡刀划破脸颊，他们不会哭，他们会说脏话，有科学证明，这样他们的疼痛感会减轻一些。这是脏话的涤清功用。小孩子在语言学习的过程中会有那么一个阶段热衷于屎屁尿，家长会有强烈的反应，到了青春期，他们会把脏话当成表达情绪的助词，当成一种叛逆行为，但也逐渐明白了脏话的禁忌，明白社会的规则。

这种规则与禁忌的教育，在你不会说话时就开始了。家里有一个儿歌播放器，里面有首歌我老早就听过，它是这么唱的：青青的叶儿红红的花，小蝴蝶贪玩耍，不爱劳动不学习，我们大家不学他。要学喜鹊造新房，要学蜜蜂采蜜糖，劳动的快乐说不尽，劳动的创造最光荣。这首儿歌树立好典型——喜鹊和蜜蜂，歌颂主流价值观：幸福的生活是从劳动而来，劳动最光荣。这首儿歌也树立了坏典型——蝴蝶，贪玩，臭美，最要命的是这一句：我们大家不学他，团结和拉拢大多数，站在大多数人一边，把不站在这一边的人当作异类，党同伐异，世间许多丑恶，都是这样来的。这倒不只是我们这里的教育特色，文明社会就有压抑的一面。文明要装腔作势，要控制自己。

我知道一本书叫《如何控制脏话》，让那些爱说脏话的家长在孩子面前变得文雅一点儿。我不需要这本书，我需要一本《如何控制嘲讽》。在我成长过程中，被骂过很多次，转眼成云烟，但有几句嘲讽的威力经久不衰。据说家长对小孩子的嘲讽会对他形成巨大的打击。我怕我无意中的嘲讽让你难受。大约翰，以后你的朋友都是Wendy和George，你总不能说脏话吧？即便要说，也应该说cunt，dick，shit， bastard吧。你看，这句话就是我惯用的嘲讽语调。在我的成长过程中，有一个非常不好的运行机制，那就是不断地把自己的缺点个性化，就这样我变成了一个喜欢反讽的人，不想对什么事情负责，也逃避对任何信念的严肃承诺。

等我当爹了，我有了一种前所未有的责任感，也有了一个严肃承诺。小孩子的日常生活中是看不到什么反讽的，他们喜欢什么东西就直接表现出来，他们并不在意他人的审视，也不会把自己的真实想法遮蔽在模糊的语言中。你一天天长大，我也一天天意识到，我要面对一个严肃的小人儿，我们成年人的言行中包含着许多矫饰、谎言、咒骂、嘲讽和敷衍。也许跟你说话的时候，我们要过滤掉这些负面的东西。

我曾经暗暗发誓，要以成年人的方式和你说话，不说错误的叠词，不说那些幼稚的词，比如拉屎就是拉屎，而不是什么拉臭臭，撒尿就是撒尿，而不是什么嘘嘘。据说，这样可以帮助你更好地学习语言。我以为自己就是这样做的。可有一次，你去参加爬行比赛，你妈妈在前面引导你，我在边上录像，回来之后我看手机里的视频，听到我给你加油的那些话，我吃了一惊，里面那个男性的声音非常谄媚，故意地幼稚，嗓子变细，音调变高，词儿并没有什么错，可音调正是我讨厌的那种方式。马克·吐温爷爷平常说话也常带脏字，他夫人把他说过的脏话都记在一张纸上，找了个机会念给马克·吐温，听听你都说了些啥吧！马克·吐温听完，说，词都没错儿，可你的音调全错了！

我不会教你骂人的，但有朝一日，我也许会纠正你的音调。说到底，你要学会正确地使用咒骂和嘲讽。

你娘说No

我说，灯！你用手指向天花板。我说，风！你指向空调。我说肚子，你拍拍肚子。我说耳朵，你挠挠耳朵。然而，你在餐椅上指着桌子上的瓶瓶罐罐哇哇乱叫的时候，我并不知道你到底要拿什么。我只知道，你开始有自己的要求，要看看洗衣机后面那个角落有什么，要抖一抖黑色的大垃圾袋，要在厨房里转悠，要盯着炉火上的炒锅。我听到你娘不断地说不，不要碰这个，不要动那个。不遂你的心愿，你就放声大哭，其实没有眼泪，就是咧着嘴哭闹。

一个关键时刻来临了，你的全能幻觉就要破灭了。你饿了的时候，就有奶喝。你困了的时候，就有人抱着你入睡。你以为这世界围着你转。但很快，你会发现，并不是所有的需求都会得到即时的满足。你要学会等待，学会控制自己，学会延迟满足。你所遵循的是快乐原则，而真实世界有他的原则。快乐原则与真实原则的斗争这么早就开始，要在你心中缠斗多年。

我小时候，电视机是一个稀罕物。邻居家买了一个，我就吵着要买一个。我爹借了五百块钱，买回家一台三洋电视机。我本以为电视是最神奇的快乐之源，有了它我就会非常快乐。可是电视摆到家里的柜子上，却带来一种巨大的伤感。我从那台电视里看到一个老电影，叫《万家灯火》，情节早就记不住了，总之是一个贫困人家的日常生活。看过那个电影之后呢，电视机好像就出了毛病，不论我怎么摆弄天线，屏幕上总是一片雪花。于是我爹就把电视退了，那台电视到我家来的唯一目的，似乎就是把《万家灯火》放给我看。我清楚地记得，电视退掉之后，我没哭没闹，也不去邻居家看电视了。我体会到真实世界是怎么回事了，我们负担不起这个电视，它让我难受。于是我学会降低自己的欲望，不看了。这件往事想起来还有点儿心酸，假设有一天，你吵着要买一个昂贵的玩具，我该怎么回复你呢？我该怎样让你明白，有些东西是注定得不到的呢？

有意思的是，我们并不会经历几次挫折，就变得懂事了。我四十三岁的时候，有一天，得到了个机会，试驾法拉利。我特别兴奋地给你娘打电话说，嘿，我开着一辆红色法拉利458，我拉着你去兜兜风吧。你娘说，我不去。我说，为啥啊？一脚油门就到时速一百八，你不想试试吗？你娘说，不想，你也别嘚瑟了，赶紧把车还了吧，万一碰坏了就麻烦了。我开着车上了京承高速，一口气开出去一百公里，到了个山清水秀的地方，把车停下。我就想，为啥你娘就对这车没兴趣呢？这车发动机在后边，看着就给力。你娘是个遵循真实原则的人，她知道那辆车只是短暂地出现，很快就会消失，所以就当它不存在一样。而我还是会被追逐快乐的本能驱使，能有半天的快乐就不错了。

男孩子对汽车的兴趣真是与生俱来，我们在图片上认识了消防车、水泥搅拌车、面包车，我们也在街上认识了小汽车、出租车，有一次我教你辨识车辆，说这个是奥迪，那个是大众。你娘立刻制止我，她不想让你有商业品牌的概念。可是你早就熟悉了那个缺了一角的苹果，在手机和电脑上反复指认。我跟你娘说，我快五十了，给我一块劳力士当生日礼物吧，她答应了，但生日到来的时候，她能给我一块斯沃琪就不错了。消费世界给你列出了无穷无尽的好东西，好东西的天敌是更好的东西和最好的东西。我们可以列一个单子，一边写上Need，一边写上Want，凡Need的东西都可满足，凡Want的东西都再商量，然而我有时也经常混淆这两种东西，这的确有点儿可悲。不过，抛开物质不谈，在快乐原则与真实原则的长期缠斗中，我也学会了一点儿精神上的东西。

第一，我学会了等待。这是一种很棒的技巧，就是用起来太难。卡夫卡说："努力想要得到什么东西，其实只要沉着镇静、实事求是，就可以轻易地达到目的。而如果过于使劲，闹得太凶，太幼稚，太没有经验，就哭啊，抓啊，拉啊，像一个小孩扯桌布，结果却是一无所获，只不过把桌子上的好东西都扯在地上，永远也得不到了。”世上诸多事，都有一条捷径叫水到渠成，急不得恼不得。

第二，我学会了接受挫折。对挫折的接受与省察，也可能带给你一种满足。我们总不能遇到挫折就哭，就去买东西以获得替代性的满足。我们有欲望，有要求，有希冀，而这个世界并不常满足你我的愿望，我们有些欲求总免不了被他人挫败，我们的罗曼史也大多没啥圆满的结果。我们要学会等待，还要学会不怀希望地等待，学会面对挫折。

第三，我学会了不迁怒他人，也不求他人理解。你咿咿呀呀的时候，我当然想知道你在说什么，当然会努力理解你。而我没能理解你的意思呢，你就会很愤怒。有些大人也是这样，总寻求别人的理解。心理学家说，我们渴望被理解的愿望是一种怀旧形式——就像婴儿时期，你哭了，就有妈妈飞奔而至。可人长大了，就不再时时刻刻需要被理解（大概十来年之后，你就不会再强求我的理解）。关心一个人，允许其自成其是，这比强求彼此的理解好得多。

我跟你说这些当然太早了，可是呢，你一个小小的人儿，已经有自己的情绪了。我们不满足你的要求，你就会愤怒。你大概也意识到了，你要依靠我们，要压制一下自己的愤怒，这样你又会开始焦虑。我们从育儿书上学会了一些说话的技巧，不要玩剪刀，这样的否定不如对正确行为的肯定有效果，而是要说，把剪刀放在桌子上好不好。不要抓猫尾巴，这样说也不起作用，不如这样，让猫晒太阳，我们给它挠挠头好吧。你看，我们也在学着当爹妈，学着控制自己的情绪，被你弄得不耐烦的时候，我们也会告诫自己，再耐心一点儿再耐心一点儿。你要知道，学会处理自己的负面情绪，比得到一个虚假的短暂的满足重要得多。一个小孩子，会源源不断地提出各种要求，完全以快乐原则行事，以为生活就是不断得到满足。你应该早一点儿认识到，学会控制自己、能够延迟满足、学会等待，能接受挫折，也不强求他人理解，是一个人具备理性的重要标志。这个认清现实的过程，危机四伏，充满了委屈，它开始得非常早，持续得又特别长，我希望能帮到你。

奶头乐

我们从淘宝网上买了一棵PVC材料的圣诞树，一截儿一截儿地装上，把树枝掰开，像一棵真的雪杉，绿色的聚氯乙烯枝叶零星地落在地板上，挂上LED灯，一闪一闪，再挂上其他的装饰物，塑料底座有十多厘米，看上去有些突兀，可它真的像一棵圣诞树了。布置完毕，我们开始做晚饭，有加泰罗尼亚风味火鸡腿，有藏红花意式蘑菇烩饭。第二天，我从城里最时髦的百货公司买回来几件瓷器，花花绿绿，摆在桌子上很喜庆，包装盒堆放在圣诞树下，挡住塑料底座。

有一个经济学家写过一本书叫《丰裕社会》，里面有一段话经常被引用：一家人驾着带空调、带助力的车外出旅游，经过路面不平整满地垃圾的城市街道，杂乱无章的建筑，年代久远的广告牌和电话亭，穿越乡间，他们来到一条水质受到污染的河流旁，从冰盒里拿出包装精美的食品野餐，晚上在一个有碍公共卫生的停车场过夜。在腐烂垃圾的冲天臭气中，他们躺在尼龙帐篷的充气床垫上入睡之前，也许还模模糊糊地思考着自己的幸福来之不易。

你可能不明白，为什么我要引用这段话，这和我们的圣诞节有什么关系呢？有一年，我去九寨沟旅游，那个公园的入口处就像是一个巨大的公交车站，一车一车的游客被拉进景区。在老虎海，有一个十岁左右的胖小子看着水里的鱼，发出感叹："生活在这里的鱼一定很幸福！"他妈妈拍着他的后背，似乎要赶走他的疑虑："你也很幸福呀！"我当时站在他们身后，听到这段对话，就想起了加尔布雷斯上面那段描写，我总觉得，那个胖小子观看水里的鱼，鱼就是客体，胖小子观察和思考这个客体，并且懵懵懂懂地开始审视"幸福"这个概念，而他妈妈不想让他审视，只想让他置身于"幸福"之中。哲学家说，未经审视的生活是不值得过的，但那位妈妈不想让孩子审视自己的生活，孩子一旦把鱼当成客体做出价值判断，早晚会审视自己的思想和行为。

圣诞节那天，我抱着你在楼下转悠，大门玻璃上贴着圣诞老人，白胡子，红帽子，看上去童叟无欺人畜无害。1951年圣诞节，在法国第戎的一所教堂门口，教士们对圣诞老人人偶施以火刑，几百个教徒的孩子观看了火刑，教士们说，圣诞老人是邪恶的，他向孩子们灌输要花钱的恶习，用消费败坏人们的美德，他像个小商人，到处穿梭。教士们不愿意让众人的心灵由耶稣诞生的庆典，转向美国百货公司推销的一个老头儿。法国的报纸杂志讨论圣诞节与消费，人类学家列维-斯特劳斯说，圣诞老人的确不是一个神话人物，没有一个神话与他有关；他也不是一位传说人物，没有任何野史轶事与他相关。他是慢慢塑造出来的，他奖赏好小孩，对于不乖的孩子则不予奖励。整整一年，我们以圣诞老人为由，提醒我们的孩子，圣诞老人的慷慨与否取决于他们的乖巧程度，他只在圣诞节出现，所以孩子们会明白，只有圣诞节他们才有权利要礼物。

你还没有礼物的意识。你得到的压岁钱也被我花了。实际上，圣诞节想花钱的人是我，想要礼物的人是我。公元四世纪，有一位生活在君士坦丁堡的哲学家说："每个人都无法摆脱购买的冲动，整年都在节约用钱的人突然间变得十分铺张浪费，人们不仅对自己更大方，对亲朋好友也是一样大方。礼物可以洒向所有的方向。"这说的是罗马帝国的民众，到了农神节和新年，就开始买买买。后来基督教的势力越来越大，要找一天给基督过生日，罗马人就把圣诞节安排在农神节后面，一起热闹热闹。转眼一千多年过去，到了二十世纪初，百货公司把圣诞节和感恩节都变成了购物节，礼物越来越大，不能像原来那样挂在雪杉的树枝上，而是要装在盒子里，再用彩带扎上，堆放在圣诞树下。如果家庭成员是三个人，彼此互赠礼物，起码就要六个盒子。我生逢盛世，目睹淘宝网将11月11日打造成了购物节，还耳闻一句新口号，大概意思是“你买什么东西决定了你是什么样的人”，这是在篡改“我思故我在”，要用消费代替思考和审视。

人生有两个大坑，引得我们跳进去，乐此不疲。这两个大坑就是消费和娱乐。罗马人过农神节的时候，有一个习俗，是主人和奴隶互换衣服参加庆典，到中世纪，英国人过圣诞节的时候，也有个习俗，仆人坐上桌，主人伺候他们吃一顿饭。偶尔的放纵会让人有一种翻身做主的错觉，以为自己逃脱了被奴役的命运。所以你看，我买的瓷器就是英国皇室用过的。

有那么几次，你娘尝试给你戒夜奶，你在床上哭喊、翻滚，估计鸦片成瘾者戒除鸦片时也这样折腾，你叼上奶头，立刻平静下来，幸福地直哼哼。我看你那动静，深刻理解了奶头乐这个词。Tittytainment，把奶头和娱乐两个词组装到一起。我还找到了一篇论文，讲中国的奶头乐现象，其中说到，北京等大城市，老一辈人有一处房产，他们的孩子有一处房产，到孙子辈儿，一对夫妇可能就继承了四处房产，他们的确不需要工作了。其中还说到“王者荣耀”这款游戏，就是标准的奶头乐，有太多人沉溺其中，以至于政府不得不干预，希望互联网能提供“更好的游戏”。

看电视，打游戏，买东西，这都是奶头乐。奶头乐不是什么新鲜的理论。你看一本叫《美丽新世界》的小说，作者就担心，以后怕是没有什么人再愿意读书了，大家都淹没在汪洋如海、琐碎无聊的信息中，未来的文化充满感官刺激，全是欲望和游戏。未来的你可能更容易得到即时的满足。你看一本叫《时间机器》的小说，未来的世界物产丰富，真成了“丰裕社会”，人类分化成了两种截然不同的生物，一种是埃洛伊人，生活在豪宅中，养尊处优，饱食终日，由于很少思考，更不会审视自己的生活，他们的智力和体力都退化了。另一种是凶悍粗野的莫洛克人，生活在黑暗的地下世界，整日劳动，养肥埃洛伊人供自己食用。

我拉拉杂杂地说了这么多，就是想告诉你，现在的社会假装平等，没有奴隶，也不分主人和仆人的阶级，但还有富人和穷人一说，还有成功者与失败者一说。自古至今，就有统治者设置被统治者的生活，就有资本家用消费和娱乐来控制他人，就有编程者设定程序，就有人生活在他人的设定当中，就有人吃人，这种关系的表现有时候残酷，有时候迷醉。有些父母认为，这些事太复杂，一个孩子想得太多就会过得痛苦，想得简单才会无忧无虑，他们想让孩子丧失敏感性。我不同意这种想法，我觉得丧失敏感，就会变得愚蠢。学会审视自己的生活，这将是我送给你的一份礼物。

心中有我，眼底无他

有一天，在一座商场，我穿过人群去卫生间。那个楼层里有几家儿童早教机构，有一位年轻的教师，拉着几个孩子，教师面对孩子，倒退着走，孩子们一个个搭着前面的肩膀，跟着老师一小步一小步地挪动，老师嘴中念念有词，大概是“红灯停，绿灯行”之类，孩子们仰望老师，注意着她的口令，眼神中有一点点惊恐。也许不是惊恐，是一点点畏惧。我说不清是什么，像我这样敏感的人，一定误读了他们的表情。站在小便池前，我感到不舒服。那些孩子三四岁，大概要在幼儿园中开始集体生活，要面对权威，要面对规则，要试着去讨好父母之外的一些陌生人。

我想跟你分享一个糟糕的讨好老师的经历。我上小学的时候，老师总宣扬拾金不昧，总有一些运气好的学生，能在马路边捡到零钱或者别的什么有价值的东西交到办公室，得到老师的表扬。有一天，我揣着五分钱，买了一根三分钱的冰棍，把剩下的两分钱送到了办公室：“老师，我在学校门口捡到了两分钱。”老师抬头看了我一眼：“这不是买冰棍剩下的钱吧？”我一下子被揭穿了，可还是咬定：“是我捡的。”老师说：“你放到桌子上吧。”老师根本就没有伸手接我那两分钱，也没有表扬我，这让我非常沮丧，同时，我特别心疼那两分钱。如果事情到此结束就好了，可没过几天，我做出了一个更不理智的举动。那天中午，我们一群同学聚在学校门口，我兜里积攒了几枚硬币，大概有一毛多钱吧，我突然大声宣布，我要扔钱了，谁捡到就是谁的，同学们看着我，不相信我说到做到，我掏出硬币，扔向空中，同学们在我脚底下争抢，他们捡到一分钱两分钱，心满意足地揣进自己的兜里。我用两分钱讨好老师，失败了，就花了一毛多钱搞这么一出恶作剧，捡到钱上交从而得到表扬，这是一个规则，我用一毛多钱反抗了这个规则，心里别提多痛快了。

我可不是向你吹嘘，我从小就是叛逆儿童，我想跟你说的是，讨好老师是一件得不偿失的事情，不仅会损失两分钱，后续的损失可能高达一毛钱。我也不会经历这样一次挫败，就不再讨好别人。世上有少许人，我们非常在乎，我们想让他们高兴，想做那些让他高兴的事。

你十六个月大的时候，迷上了家里的吸尘器，总要我接上电源，按下开关，由你来打扫卫生。我们竖起大拇指，表扬你，你学会了这个手势，但大拇指不够灵活，总以食指替代，每做了什么了不起的事情，就伸出食指表扬自己，看着我们，期待我们做出同样的手势。期望得到父母的夸奖，学会揣摩他人的心思，期望得到老师的认可，这是一条成长之路。人，归根结底是一种社会性的动物，需要与人群有联系。神经学家说，人类大脑皮层的进化，就是为了处理复杂的社会信息，以保证群体的生存。心理学家说，小孩子在八岁之前还不知道从别人的视角看世界，心里只有我我我，我要得到关注，我要得到爱。我有时把你的照片发到朋友圈里，希望别人竖起大拇指点赞，让别人看到，我繁衍了后代，养育了一个健康美丽的孩子，其实这个时候，我的心智在向儿童靠拢，那是以“自我”为中心的表达，等待他人的回应，就像是你等待我们竖起大拇指一样。

我们学着讨好他人，但我们也要学会，不去取悦他人，只做让我们自己开心的事。我们要学会孤独。如果你对别人不是那么感兴趣而愿意选择孤独的生活，那么要知道孤独晦暗的那一面是挺难忍受的。孤独的一个负面效应是损害大脑的自制力，会抽烟喝酒，会缺乏锻炼，可能会肥胖，会染上高血压，这都是发出匮乏的信号，要让你重新与他人建立亲密关系。有一位哲学家叫叔本华，他是这样建议的——把孤独带入社会人群中，学会在人群中保持一定程度的孤独。要学会不把自己随意的想法告诉别人，对他人说的话也不要太当真。不能对他人有太多的期待，不论是在道德上还是在思想上。对别人的看法，应该锻炼出一副淡漠的、无动于衷的态度，这是培养宽容的最切实可行的手段。虽然生活在众人之中，但不可以成为众人的一分子。与他人应该保持一种尽量客观的联系。这样才能免遭他人的中伤与污染。叔本华说，一个人的自身价值越高，越不愿意迁就别人。

有些人外向，是天生的交际专家，在人群中如鱼得水。有些人内向，喜欢独处，在人群中反而觉得不自在。我和你娘是两个内向的人，估计你也不会外向到哪里去。在我们成长的过程中，总感觉“集体”是一个特别可怕的压迫，对“集体生活”有一种天然的反感。因为“集体”和“大众”，总强调你要和别人一样。我三十岁以后才明白，个人的教育和知识越高，他们的见解和趣味可能就越不相同，如果我们希望找到具有高度一致性和相似性的观念，就必须降格到道德和知识标准比较低级的地方去，在那里，比较原始和共同的本能与趣味占统治地位。

好多年前，有一个文学家叫王尔德，他说不要在意别人的看法，公众的意见都是狗屁，人群中最傻的那一部分人形成了所谓公众意见。就是这位王尔德，被公众意见关进了监狱。后来有一位哲学家叫罗素，他说有两个前提，一是不被关进监狱，二是不挨饿，在这两个前提下，不要把别人的意见当回事。好多年前，有一位西班牙学者叫何塞·奥尔特加·加塞特，他说:“这个世界存在两种类型的人：一种人对自己提出严格的要求，并赋予自己重大的责任与使命；另一种人则放任自流——尤其是对自己，在他们看来，生活总是在既定的状态之中，没有必要做出任何改善的努力。他们就像水流中漂动的浮标，游移不定。”他还说，我们面临智者和愚人的永恒划分，明智之士总是感到自己有沦为愚人的可能，因此竭力逃避这种稍微疏忽就会降临的愚蠢；而愚顽之人则从不怀疑自己，他们对自己的愚蠢安之若素，怡然自得。

年轻人并不那么容易找到自己的使命。二十来岁的达尔文，上了小猎犬号，五年的环球航行，做地质勘查，收集了大量的化石和动植物标本。二十来岁的哥白尼，在弗龙堡大教堂的顶楼住下来，观测了十多年的星星。这两个人，一个写出了《物种起源》，一个写出了《天体运行论》，这就是他们的使命。这两个人都是大学毕业后，找到了自己的使命。他们很幸运，并不是谁都能有这样的幸运，但每一个自诩为精英的年轻人，都该把提升自己（而不是讨好他人）当成最重要的使命和责任。

我二十多岁开始工作的时候，由一位长辈领着，去一家酒店见一位报社的老板。酒店的房间略显凌乱，床上的被子卷成一个团儿。老板坐在沙发上看一本字帖，酒店前台打来电话，让老板赶紧下楼结账，说他已经欠了很多房钱，老板大声呵斥，什么很多钱？有十万吗？有一百万吗？等着！放下电话，和颜悦色地对我说，小苗，你看这几个字写得怎么样？他把字帖递给我，那一页上有八个楷体的大字，写的是“心中有我，眼底无他”。我说，我不懂书法，但这八个字的意思很好。老板说，是啊，心中有我，眼底无他。写字要这样，写文章也要这样！

我一直念念不忘“心中有我，眼底无他”这八个字，及至中年，更深地体会到，社会总约束我们对愚蠢、无聊、呆板表现出更多的耐性，世界越来越喧嚣，独处越来越难，而学会孤独，能自得其乐，感觉到万物皆备于我，依然是构成幸福的要件。

其四

家

铁蛋哥哥

我要向你介绍一个家庭成员，你的猫哥哥李铁蛋，原名叫奥斯卡·尼克莱斯卡。他四岁，按照猫的年纪来算，岁数不小了。他已经当爷爷了，他的大闺女还生了两个女儿，他也是猫姥爷了。铁蛋出生在海参崴，那是个海风凛冽的寒冷城市，不到一个月大，就坐飞机来到哈尔滨，他趴在你舅妈的肚子上睡了一路，俄罗斯航空允许宠物和主人一起坐飞机。不到两个月大，我们就把他接回北京，路上在加油站停下来，喂他吃东西。他小时候胃口可好了，喝牛奶，吃奶酪，三个月大的时候就能吃脆骨了。有一次我们吃排骨，有一块脆骨，我咬不动，扔在桌子上，铁蛋上来就啃，我怕他咬不动，伸手要把那块骨头挪开，可李铁蛋的爪子按住那块骨头，喉咙中发出一声低沉的嘶吼，那一瞬间，我认识到，他是猫科的肉食动物。刚到北京的时候，他的眼睛红通通的，有好多眼屎，我们要给他用红霉素眼药膏。还有一次，他排便困难，蹲在猫砂盆里总撒不出尿来，原来是他的小鸡鸡发炎了。是妈妈注意到这个异常现象，赶紧带他去看病。

我以前看过一个电影导演写的自传，他说他从不养宠物，因为宠物一般会先我们而去，我们的感情会受到很大伤害，为了避免受伤，最开始就不该投入感情。我信奉这段话，很长时间都避免自己的情感泛滥，然而铁蛋和他老婆葵酱对我进行了一番情感教育。

妈妈一早就说，要让铁蛋体会完整的猫生。所以我们早早就给他找媳妇，媳妇可不好找。铁蛋是一只英短，我们也要找那种铁灰色的母猫。终于有一天，莉莉阿姨带着葵酱来了。莉莉阿姨左手拎着装葵酱的笼子，右手夹着葵酱的厕所，她把葵酱放出来，铁蛋和葵酱对视了几秒钟。之前，我不知道铁蛋见了母猫会怎样，实际上他没怎么见过别的猫，第一次在镜子中看到自己的时候，居然吓得浑身的毛都立起来。不过，猫有猫的本性，铁蛋见了葵酱就迷上了她，葵酱呢，却对铁蛋很冷淡，她总是躲在角落里，浴缸下面，床底下，她躲在哪里，铁蛋就守在哪里，可又不敢上前，一靠近，葵酱就会嘶吼。那几天，两只猫不眠不休，时刻处于对峙状态。在追求母猫的那几天，铁蛋每天都在拉稀。我们带他去医院，医生说，这是应激反应，铁蛋受了刺激就会拉稀。

葵酱待在家里，我出差去了武汉，每天最关心的问题就是他们配上了吗。莉莉阿姨来接葵酱回家的时候，我们也不确定他们到底是不是成了。小葵走了以后，铁蛋就在家里到处找，哀嚎了一天。两个月后，莉莉阿姨说，葵酱怀上了，去医院照了B超，肚子里有三只小猫。2014年9月的一天，我在山西出差，正在一个醋厂参观，铁蛋和小葵的孩子出生了，莉莉阿姨守在葵酱身边，哭得稀里哗啦的。我们原本以为只有三只小猫，结果葵酱生出了第四只，又过了会儿，生出了第五只，又过了会儿，生出了第六只。葵酱的产房是一个巨大的纸箱子，里面铺着一层床单，葵酱生下一只就舔干净一只，人守在边上，帮不上太多的忙，等六只都生下来，葵酱累得直吐舌头，她肯定是累坏了。

小猫刚生下来，睁不开眼睛，他们都趴在妈妈身上吃奶，我不知道母猫有几个奶头，反正六个小猫争着吃奶，总会有一两个被踹下来。妈妈和莉莉阿姨轮流照顾他们，那时候葵酱的饭量真大，一天能吃两个罐头。六只小猫一点点长大，慢慢能吃羊奶了，慢慢能吃小饼干了。有一段时间，我在通县的空房子里照顾葵酱和六个孩子，看着六只小猫捉对打闹，追逐。那段时间，我心里甜滋滋的，可在街上看到流浪狗和流浪猫，又比以往要难受好多。人很奇怪，会把自己的感情投射在动物身上，我就干过这样的蠢事，我带着铁蛋去看葵酱和孩子，心想，铁蛋当爸爸了，总要看看孩子吧。谁知道一进门，葵酱就对铁蛋大声嘶吼，她要保护小猫，而铁蛋似乎对自己的孩子也没什么兴趣。我不甘心，后来又把大儿子带回家，大儿子叫小虎，他是黑灰色的，和铁蛋最为相像，可铁蛋认不出这是自己的儿子，总要扑过去咬小虎。我终于承认，我的自作多情只会给这一窝猫带来困扰。最合理的办法是，让他们散落各处，小虎留在北京，余下的五个孩子去了上海。因为莉莉阿姨和她的男朋友要去上海工作了。

莉莉阿姨的男朋友是一个很帅的摄影师，除了猫，他们还养了两条梗犬，一条叫太郎，一条叫阿飞。他们去了上海，两条狗就寄养在北京的一个朋友家里，然而，很快，这两个狗兄弟中的阿飞丢了，两个狗兄弟彼此失去了联系。我有时会想，阿飞去哪里了呢？他怎么看待与主人的分离？他会想念自己的兄弟吗？更多的时候，我会想铁蛋的儿女，老四怎么样了？那是一只凶猛的公猫，收养老四的那户人家，还养了一只仓鼠，老四每天就趴在仓鼠笼子上面，估计已经把那只仓鼠吓出了神经病。老六被上海一个老外收养，家里铺着波斯地毯。老五去了宁波。一年后，传来坏消息，说老五在楼房外的晾衣架上玩耍，跌落到楼下，摔死了。铁蛋呢，又有了一个新的相好，他们又生了五个孩子。

这就是铁蛋哥哥的简短历史，说来，这就是他的生育史。除了这十一个儿女，他也没干出别的什么事。他大多的时间就是趴着，睡着。他是我们的家庭成员，每到吃饭的时候，他先到自己的猫食盆子里吃上几口，再跳上餐桌，看着我们吃。他年幼时，更容易进入一种攻击状态，曾有几次，把我们咬得鲜血淋漓，现在他更平静了。因为他得了一场病，他切去了蛋蛋，切掉了小鸡鸡，做了尿道改造。他的第一次手术并不成功，回到家到处漏尿，那味道可比你的屎尿臭多了。我照料他的饭菜屎尿，也明白所谓“家人”是一种怎样的情感纽带，你会时时设身处地地为家人着想，怕他难受，怕他疼，怕他孤独，不想让他害怕，要让他有安全感，让他健康。

照顾铁蛋，照顾铁蛋和小葵的那六个孩子，让我有了责任感，看着小生命茁壮成长，是一种非常难得的体验。我希望我能继续发扬这一份温柔，也希望你能和铁蛋哥哥和睦相处。夜晚你啼哭的时候，铁蛋总会跳到床上，看到底发生了什么。他很关心你。等你蹒跚学步时，铁蛋会轻巧地跳上桌子椅子，越过所有障碍，躲避你的追捕。你要学会给他准备粮食，水，学会清理他的厕所，学会抚摸他的头和下巴，他感到舒服了，就会打呼噜给你听。

第一口奶酪

我尝了一口你喝的奶粉，有点儿腥，我尝了一口你吃的米糊，没滋没味。我们给你吃西兰花，胡萝卜，蒸熟了，打成泥。我们给你吃香蕉和苹果，终于算是有点儿好吃的了。我们也带你出去吃饭，第一次是吃鳗鱼饭，你对桌上的饭菜没什么兴趣。第二次去了家意大利餐厅，要了一份奶酪拼盘，我挑了最淡的一种，撕了一小块，塞到你嘴里。每次吃到新东西，你总是皱起眉头，咂摸着嘴，脸上有点儿困惑。但是你咽下这第一口奶酪，脸上似乎是一种很享受的样子。我们吃了小牛肉，吃了墨鱼面，还有帕尔马火腿，你对这些好吃的还没什么概念，手里攥着一个冰块。我们吃香的，喝辣的，可你每天就吃些没滋没味的东西。每念及此，我就想再喂你一些新东西。

蜂蜜还不行，你消化不了。巧克力还不行，碳酸饮料也不行。你对豌豆过敏，对牛肉好像也有点儿过敏。我们在奶酪之后，给你吃的是小笼包，用筷子把肉馅、汤汁和面皮捣在一起喂给你。我们买了一块大蛋糕，我把上面的奶油给你吃，你娘说，不行，太甜了。你娘说，三岁之前你不能吃太甜的东西，小孩子吃糖，就跟大人吸毒一样，立刻就嗨，我不知道这理论从何而来。但我三岁时，元宵节的晚上一口气吃了十五个元宵，把你爷爷奶奶惊呆了。甜的东西，就是卡路里，它提供给你充足的能量，让你每天摸爬滚打。现在我吃不下多少元宵了，但有一种吃食，四十年来一直是我的挚爱，叫虎皮蛋糕。你爷爷当年心情大好的时候，会骑车带我去和平里的一家冷饮店，吃一大瓶酸奶，如果心情大大地好，就会给我买一块虎皮蛋糕吃。这玩意儿现在改名叫瑞士卷或者奶油卷了，里面有蛋黄、砂糖、牛奶和鲜奶油。你肯定会喜欢的，你也会喜欢焦糖布丁和提拉米苏。

在白塔寺路口那个商店，我喝到第一口可口可乐，那是过春节，我舅舅带着我去买鞭炮，说有一种美国汽水特别好喝。我第一口就吐出来了，又辣又呛，然后慢慢喝下第二口。在王府井书店门口，我喝下第一口奶昔，那是麦当劳刚刚开业，我和一个女生，排了好长的队，才买到这种神奇的饮料。有许多深刻的记忆与食物相关，冬天，家里有火炉子，我奶奶烙饼，铛上有一块肉片，滋出油花，我奶奶转动铛里的面饼，我就坐在火炉边上，我奶奶撕下来一小块焦焦的大饼皮儿，我接过来，烫手，塞到嘴里却不觉得烫。去姥姥家，我姥姥会问，想吃什么？我总是回答，吃肉饼。于是姥姥开始弄肉馅儿，和面，肉饼熟了，切成四牙儿，我能吃下去一摞。还有，你爷爷很少做饭，但我总记得他做过一次粉蒸肉，先把米蒸熟，捣碎，再和肉一起上锅蒸。我记得那天早上，你爷爷很早就开始忙活，隆重地宣布要给我做粉蒸肉吃，到了中午终于吃上。大概这道菜太费时间了，他只做了那么一次，我却一直记得。

有许多生活哲学也跟吃饭有关。我上的幼儿园是整托，一周六天待在幼儿园里，一周要在幼儿园里吃十几顿饭。幼儿园老师教育我们不许浪费粮食，吃馒头、花卷，要吃完一个举手示意，再上台领下一个。实际上我不记得有谁曾浪费过粮食，常常是举手示意后，发现笸箩已经空了。我姥爷教给我一个处世之道，他说，你上去第一次领花卷时要挑一个小的，第二次去领时还要挑一个小的，这样你能比较快地吃完两个花卷，第三次上去就要挑一个大的，慢慢吃，这样你就能吃饱，反过来，你一个大的先吃，第二次还吃大的，吃得慢，你就没机会吃第三个花卷了。我不记得这方法是否保证我在幼儿园时顿顿能吃到三个花卷，但我铭记在心的是劳动人民的智慧。

在饭桌上，我爹教给我一个处世之道。那是他的一个老同学到家里做客，中午一起吃饭，那天我妈妈买了两毛钱的肉和一斤蒜苗，做了个肉炒蒜苗。这道菜我一般是过年才能吃到，所以那天在饭桌上我表现得相当不理智，抢着吃蒜苗，嘴中念念有词，说这蒜苗太好吃了，要是天天能吃就好了。那天客人走了之后，你爷爷把我教训了一顿，说我不懂规矩等等。后来我总结你爷爷的意思——即使你没吃过蒜苗，当着别人也要做出一副你吃过的样子。我姥爷和我爸教给我的生活哲学，就是要做出一副你吃过蒜苗的样子给人家看，伸手拿过来一个小花卷，同时眼睛紧盯着那个大花卷。

我并没有什么生活哲学要在饭桌上教给你，我只是想让你多吃一点儿东西，尝一点儿新鲜的味道。我总想让你喝下杯子里剩下的最后一滴咖啡，杯子里溢出的啤酒泡沫。当然，这些还早，等你长大一点儿，我每周带你去吃一顿好的。我也想让你领略一下那些粗糙的美食，刀削面，贴饼子熬小鱼。现在呢，委屈你吃下米糊和菜泥。有时候，你不爱吃这些东西，把嘴闭上，把脑袋扭到一边。我这几天忽然明白，你是在等我这个不擅厨艺的爹，做出一道特别的菜，就像我奶奶的大饼，我姥姥的肉饼，我妈妈的炸酱面，我爹的那道粉蒸肉，我必须掌握一道菜，或者一种主食，把它做成记忆中的烙印。

好的，我去学习，看看能做出什么好吃的。

睡前故事

你出生后，我买了几本“哄睡宝典”学习，一位有经验的阿姨说，这些书并没有什么用。事实证明，这位阿姨说的对。并没有哪一本书能提供一劳永逸的办法。你还是会在夜里醒来，一点或者两点，三点或者四点，哭闹一阵儿。大多数时候是你娘抱着你，给你喂奶。有时候是我抱着你，你枕着我的肩膀，呼吸逐渐平稳。那是我能感到父子一体的机会。把你哄睡之后，我会有短暂的清醒时刻，你躺在婴儿床上，我和你娘躺在大床上，铁蛋哥哥躺在床边的沙发上，厨房里有大米和白面，冰箱里有西红柿、牛肉和鸡蛋，餐桌上有奶粉和米糊，我想，这就是我要守护的幸福。

有一位历史学家说，电灯发明之前，人们夜晚的睡眠通常分为两段，黄昏过后就睡觉，夜半时分会醒来，他们点燃煤气灯，吃点儿东西，或者读书写作，倦意来袭，再次上床睡觉。这位学者搜集了大量资料，来证明以往的人们一夜可以享受两次睡眠。但我非常怀疑这个结论，如果人们能享受一场完整的十个小时的睡眠，看不出有什么必要中间要清醒一段。婴儿每天应该睡十二小时到十四小时，这是我羡慕的时长，我很高兴能在晚上九点就和你一起入睡，如果可能，也愿意陪你上午十点再睡一个回笼觉，午后再睡一觉，这八个月我好像总处在缺觉的状态，随时随地都能眯瞪一会儿。

有一个科学研究说，婴儿夜晚哭闹，是他的自我保护策略，他要干扰父母，不让他们再生一个弟弟妹妹出来。还有一个研究说，婴儿会有“黄昏闹”，他们害怕夜晚来临。那几本睡眠宝典告诉我，怎样让孩子睡好觉，是家长要面对的一个长期问题。孩子长大一点儿，要和父母分房睡，要独自面对黑夜和噩梦，有不少障碍要慢慢克服呢。一两年后，该是我给你讲睡前故事，我看到过一个很短的恐怖小说是这样的：爸爸要给儿子讲睡前故事，他走进儿子的房间，儿子轻声说，爸爸，我害怕，有个妖怪在我床底下。爸爸趴到地板上，往床下看，他的儿子在床底下缩成一团，轻声说，爸爸，我害怕，我的床上有一个妖怪。你有想象力之后，会被这个故事吓坏的。我把它写在这里，等你认字了，自己看吧。

有一个日本小说，叫《七夜物语》，讲的是两个小孩子，小夜和仄田，面对黑夜的故事。他们碰到一只巨大的灰老鼠，这只老鼠指引他们度过黑夜和梦境。老鼠对他们说:“夜晚的冒险，只能由你们两个人来完成。我只能站在夜的入口，在远方看着你们。”这老鼠像是把孩子丢在儿童房里的父亲，他在外面，守护着黑暗中独自面对纷繁思绪的孩子。现实世界在夜晚留下支离破碎的影子，小夜会看到父母年轻时的样子，仄田会遇到另一个自我。小夜会想起她更小的时候，用脸蹭着妈妈的胸，想缩成一团，钻进妈妈的身体中。她困了，感到很舒服。吃奶的时候，仿佛听到有人在耳边轻语：什么都不用想。困意能把可怕的东西都赶走，讨厌的东西可以不看。困意能引导你忘掉自己做不到的事。

听从睡意，这是你要学会的重要一课。有时你在夜里醒来，哭两声，翻个身就接着睡了。中午睡够了醒来，你总会乐呵呵地躺着，像是还在回味刚过去的甜美。如果没有睡好午觉，醒来后你总会哭闹一阵儿。这和大人没什么不同，睡好了，大人也是心情愉快，睡不好，大人也是脾气暴躁。以我个人的经验来看，我们大人也要时常温习“听从睡意”这一课，夜里想了千般路，早起依然卖豆腐，我们要忘掉那些焦虑的事情，享受充足的睡眠。

我少年时总有沉重的睡意，下午两堂课趴在课桌上睡觉，口水能把课本打湿。读《三国演义》，一下子就记住了诸葛亮作的那首诗：大梦谁先觉？平生我自知。草堂春睡足，床外日迟迟。我还记得，我人生最初的焦虑来自一本破旧的《燕山夜话》，那本书里第一篇文章叫《生命的三分之一》，大概意思是说一天有二十四个小时，人们要睡八个小时，生命的三分之一就在梦乡中度过，这是最大的浪费，一个积极向上的人应该在夜里读书。那时候我刚具有“自我提升”的意识，总想看更多的书，读了这文章，忽然意识到，生命的一小半不可避免地浪费掉了。不过呢，后来我也没把太多的夜晚花在读书上，夜里有许多更好玩的事，喝酒，跳舞，和姑娘约会。工作之后，会发现工作侵占生活，生活侵占夜晚，夜里看个电影，看一场足球转播，睡觉最没意思了，被使劲压缩到五六个小时。

说起来我要感谢你，是你让我又享受到了十个小时以上的睡眠，虽然中间总会被你吵醒一两次。幸运的时候，你会一口气睡上六个小时八个小时，我期盼着，你能尽快享受到连续十个小时的睡眠，我也能跟着睡得美美的。现在我不会再为自己睡得太多而难堪了，我们生命中的三分之一是在睡梦中度过的，这让我们得以从欲望的泥沼中解脱出来。这是纷繁思绪中的一次豁免，一次释放。白天我们摄入的东西会在睡梦中代谢掉，睡眠可以排泄那些负面情绪：焦虑、恐惧、怀疑、觊觎、朝不保夕的忧虑或一夜暴富的妄想。

儿子，好好睡觉！厨房里有大米和白面，冰箱里有西红柿、牛肉和鸡蛋，餐桌上有奶粉和米糊，我们没有什么好焦虑。等我们醒来，再乐呵呵地躺一会儿。

卡夫卡和他爸爸

上高中的时候，我买了一本《卡夫卡短篇小说选》，大多数看不懂，但其中有一篇《判决》给我留下了深刻印象。这个小说的情节很简单，一个叫乔治·本德曼的青年，给远方的一位朋友写信，说他要订婚了，写完信呢，乔治就和他爸爸谈话，开始还算平静，但聊着聊着，爸爸对他越来越不满，说，我判你死刑。乔治听了这话就出门跳河了，临死之前还在念叨，爸爸妈妈我是爱你们的呀。当年我还没有能力去分析卡夫卡小说中的父亲形象，只觉得他让人胸口发闷，倍感压抑。后来，我总结出了一个抽象的父亲形象：他专横，垂垂老矣又强壮有力，对儿女讲规则，有成套的空洞的说教，但自己并不遵守规则，他不断地市恩贾义，要孩子对他感恩戴德，却极少会肯定孩子的行为。他时刻让人紧张，给人压迫。

卡夫卡并不讳言这篇小说的自传色彩，他说Georg（乔治）的字母数和Franz（弗朗兹，卡夫卡名）一样多，Bendemann（本德曼）中的Bende（本德）和Kafka（卡夫卡）是同构的。这位伟大的小说家从自己的家庭生活和并不丰富的职业生涯中获得了足够的刺激，写出了人类境遇的荒谬。面对一个严酷的父亲，卡夫卡变成一个什么样的人呢？他从不曾长久地离开父宅，不结婚，不建立家庭，不积攒财产，不认真地谋生计，否定责任和职业，终其一生都是个长不大的儿子。卡夫卡说，生儿育女并在生活中给他们以引导，这是世间最艰难的事，表面上看，许多人都做到了这一点，实则并没有多少人真正能“做到”，他们只不过是“遭遇”到了这种情况，结了婚，生了孩子。

小说家都是敏感的人，动不动就会感到痛苦。小卡夫卡尤其如此。比如他夜里看书，他爸爸让他睡觉。他就强烈反感这样的训诫，他会狡辩，时间是无限的，因此不存在太晚的问题；我的视力是无限的，因此不会看坏；夜也是无限的，因此不必担心早上起床的问题。读书是他的独特性所在，学校和家庭生活都在努力消除他的独特性。卡夫卡他爸呢，多少有点儿混蛋，有一次卡夫卡夜里调皮，不停地要水喝，他爸就把他从被窝里拎出来，扔到阳台上，把门关上，卡夫卡穿着睡衣，面向关着的门，小孩子吓坏了。“那之后好几年，这种想象老折磨着我，我总觉得，这个巨人，我的父亲，终极法庭，会无缘无故地走来，半夜三更一把将我拽出被窝，拎到阳台上，在他面前我就是这么渺小。”

卡夫卡他爸强壮、健康、好胃口、大嗓门、有口才、自鸣得意。爸爸又壮、又高、又粗，儿子又弱、又瘦、又细，父子两个在游泳馆的更衣室赤裸相见，儿子自惭形秽，他一时掌握不了游泳的要领，更是自卑得要钻到地缝里去。其实，从卡夫卡的日记中可以看到，他最终还是学会了游泳，经常游泳，而且游得相当不错呢。这个略显病态的作家喜欢在大自然中徒步，喜欢在河里游泳。“只有在鲜活的、流淌的溪水中游泳，以这样的方式与乡村建立一种肉体的联系，我们才拥有了乡村。”一般而言，儿子过了青春期，能用拳脚说话时，就不会再害怕父亲了，可怜的卡夫卡，学会了游泳，却没能变得膀大腰圆，成年后还是弯腰弓背，歪斜着肩膀，耷拉着胳膊，到三十岁还在说自己身体虚弱，个头太高，火力不足，精神不济。

依我的经验来说，我们生活在一个巨婴之国，男人过了三十，还是处理不好和爸爸的关系。父亲过了六十，心智上也未必成熟。但双方能心照不宣地达成一个谅解，相互客气，避免冲突，有些话避而不谈，不再寻求什么精神上的沟通。作家卡夫卡，老大不小还写了一封《给父亲的信》，翻出陈芝麻烂谷子对二人之间的关系详加辨析。他写完这封信，交给母亲，让母亲转交给父亲，可他妈妈看完了信，退回来了。所谓当事者迷，蛮横无理的人根本不知道自省两个字，卡夫卡的妈妈还是更了解他的爸爸。这封《给父亲的信》成了研究卡夫卡的重要文本，当爹的人也可以认真研读，看看自己哪些不当行为，会给孩子造成伤害。

卡夫卡他爸是个日常生活中的暴君，他惯于发号施令，咒骂和讥讽他人，这些明显的错误行为，我们稍加注意就可以避免，但有一种错误行为，每个当爹的都可能忽视，那就是诉苦，说自己当年受了多大的苦，养育孩子多么不容易。卡夫卡他爸是个小商贩，后来开了商店，日子逐渐富裕，他总向儿子念叨："七岁时我就推着小推车走街串巷啦。""我们全家挤在一间屋子里睡。有土豆吃我们就高兴得不得了。""我冬天没棉衣可穿，腿上好几年都是裂开的冻伤。""我小小年纪就去当学徒了。家里没有给过我一个子儿，倒是我往家里寄钱呢。""孩子们知道些什么呀！都没吃过苦！现在的孩子有能明白这个的吗？"卡夫卡承认，换一种叙述方式，这些故事可能不失为极好的教育方式，会给孩子们打气，鼓励他承受父亲经历过的艰辛与困苦，但他爸爸说的话，使孩子深感羞愧。卡夫卡在1921年12月的日记中记下，父亲对往事的回忆痛苦地折磨着这个过着舒适的中产阶层生活的儿子："没有人否认，他持续好几年由于冬衣不够导致大腿上的伤口一直没有愈合，他常常挨饿，他在冬天一大早就推着一辆小车走街串巷，但他不愿意理解的是，与另一个正确的、我没有遭受过这一切苦难的事实相比，这些正确的事实丝毫也不能让我得出这个结论：我比他幸福。”卡夫卡的意思是，当爹的不要觉得自己含辛茹苦地养育了孩子，就觉得自己有恩于孩子，孩子就必须时刻感到幸福，幸福不完全等同于物质条件。

卡夫卡这番话不难理解，但未必能人人接受。我们这里呢，讲究个孝道，讲究个长幼次序，没事儿总给孩子讲孔融让梨的故事，孔融四岁的时候，他爸爸拿一堆梨给孩子吃，孔融就拿了个最小的，他爸爸问他，你为啥拿最小的呢？孔融说，我比哥哥小，所以我要吃小的，哥哥吃大的。爸爸说，那你比弟弟大啊。孔融说，弟弟岁数小，我也要让着他。这个故事讲的是礼让，可我怀疑孔融就是不喜欢吃梨。现在我们要是给独生子讲孔融让梨的故事，就会让孩子陷入道德困境——这梨让给谁吃呢？爸爸给我一个梨，又让我把梨让给他吃，他又不会吃，我又必须礼让。

要给孩子讲孔融让梨的故事，就必须也给孩子讲孔融的另一段名言：“父之于子，当有何亲？论其本意，实为情欲发耳。子之于母，亦复奚为？譬如物寄瓶中，出则离矣。”孔融说，父母生育儿女，纯粹是生物行为，父母于子女而言没什么恩，这番话在一千多年前说出来，实乃大逆不道，曹操就因为这番话，把孔融给杀了。现今的人也未必能接受孔融的这个观点。

我们像老卡夫卡那样辛苦工作，年少时吃过苦，想让孩子有更好的物质条件，但免不了也有忆苦思甜的本能，想让孩子珍惜并感恩。胡适先生教导我们：我生了孩子以后，虽然养育了他却从来不敢自居有什么恩情。我常常想：如果孩子高兴，我就心安理得；如果孩子活得不开心，我就会觉得很内疚，因为他是我带到这个世界上的，而不是自己要来的。

胡先生说得好啊，自居有恩情，实在招人讨厌。容我歇会儿，下一封信我再给你讲另一个作家和他爸爸的故事。

塞林格和他爸爸

有一阵子，我每个星期天都去和平里新华书店转转，兜里大概有几毛钱吧，能买一本小人书。那时候的书店还有玻璃柜台，店员站在柜台和书架之间，想看什么书，得让店员递给你。玻璃柜台中有一本书叫《麦田里的守望者》，黑色封面，有一个少年的侧脸。不知道为什么，我从来没让店员把这本书拿给我看。每礼拜去书店，都能看到那个黑色封面。我也记不清第一次读这本书是什么时候了，它慢慢就成了我读的次数最多的一本书，现在，家里大概有十来个版本。

这本书的作者叫塞林格，他的爸爸叫索尔。索尔白手起家，身为犹太人，做起猪肉生意。塞林格出生时，他家住在纽约西113街500号，后来搬到百老汇3681号，再搬到晨边高地，最后搬到上东区的公园大道，东91街，公园大道1133号。拿北京来打比方，他终于住进了朝阳公园附近的豪宅。然后，他就该让儿子上私立学校了。索尔为儿子安排了麦克伯尼预科学校的面试，那是曼哈顿的一所高级的私立学校。

这样的私立学校，都是势利眼，不仅要面试学生，也考察家长的身份，要有钱，有地位，最好不是犹太人。塞林格在麦克伯尼学校上了一年级和二年级，类似于初一初二吧，他一年级的成绩单上记录，智商111，比平均值略高，英语80分，生物77分，代数66分，拉丁语66分。塞林格的小说经常会写天才儿童，可他实在是个差学生，学习成绩糟糕。十五岁的时候，他被学校劝退了，理由是受到青春期的“严重干扰”及不知“努力”为何意，后来他又上了一家长岛的私立学校，也没能表现得更好。

于是，他爸爸把他送进了一个纪律严明的军校。有些当爹的，认为儿子要严加管束，如果自己管不了，就送去军事化的系统中。不过，塞林格在这所军校里安然毕业了，他最后的结业成绩是：英语88分，法语88分，德语76分，历史79分，戏剧88分。他还回馈了这所军校，《麦田里的守望者》中潘西学校校长的原型就是这所军校里特别能筹钱的主管。他在一封信中说：“从有限游历中遇到的各色人等看，我得出结论，上帝必然存在。那么多惊人的怪物，他们犯下的错误如此可怖、频繁，源源不绝，不可能纯属偶然。”其实，他看到的不过是一些势利眼、虚伪和恃强凌弱，在成人世界中，势利和虚伪并不算是太大的毛病，甚至是必备的生存技能，只不过要掩饰得好一些。恃强凌弱不好，可这世上本就是强弱分明的，《麦田里的守望者》中，主角霍尔顿有一句台词：他们总说人生是一场球赛，人生可能真的是一场球赛吧，你要是分在了实力强的那一队还好，可你要是在实力弱的那一边，人生就是一场狗屁球赛。

索尔把塞林格送去奥地利和波兰，在波兰学杀猪、做火腿，希望他继承家族生意。塞林格每天早上四点去屠宰场，他不太喜欢这样的生活，可要是当作家，去屠宰场比上大学有用多了。他从欧洲回到美国，开始写小说。慢慢的，他发表了一些作品。他在上中学的时候，有一个特别的爱好是演戏，还喜欢男扮女角，不过，他爸爸认为，演戏和写小说，都不是什么正经营生，不如做食品生意好。他爸爸说的也没错。历史学家是这样说的：有那么一段时期，许多犹太家庭中，具有天赋的儿子反抗其父亲的商业利益，这些父辈大部分被布尔乔亚的成功同化。儿子们为了在精神对抗中建立起一个相反的世界，便激烈地塑造着科学、哲学和文学的未来。苛刻的父亲关心着生意，而超俗的儿子关心着不怎么有利可图的纯粹精神上的事情。

索尔是一个商人，免不了做一些唯利是图的事，所以他的公司陷入了一场官司。当爹的总假装自己凡事都规矩体面，然而对于敏感的儿子来说，父亲成了一个“骗子”。其实，塞林格和他爸爸之间没什么大矛盾，他的不满就是从父亲那里得不到赞许，他在一封信中说：“有时你不得不依靠你对自己的赞许。有时你从别人那里得不到赞许，要么来得太迟要么就是一点儿也得不到。”其实，要想当作家，就得面对这样的状况，得不到什么赞许。更大的打击还在后面呢。他二十出头，遇上了一位芳龄十六的美女，姑娘名叫乌娜，是剧作家奥尼尔的闺女，奥尼尔对女儿并不好，他认为剧本才是他真正的孩子。有些艺术家对待他们的孩子、妻子和朋友非常操蛋，可他们的作品真的很牛逼。人们应该做那些与人为善、彼此欣赏的事情，但也要准许一些有才华的作家、艺术家过一种非常自私、非常操蛋的生活。

塞林格参军，去欧洲打仗了。他不停地给乌娜写信，而乌娜嫁给了卓别林，她大概是因为得不到父爱，所以嫁给了一个比她爸爸岁数还大的人。塞林格肯定很痛苦，“求不得”这事儿，是佛家所谓人生七苦之一，谁也免不了，对塞林格来说，心灵有尚不存在的地方，痛苦进入这些地方，使之存在，这是作家的必修课。而我们都要学会，带着难以言说的隐痛生活。All our stories are about what happens to our wishes. About the world as we would like it to be, and the world as it happens to be, irrespective of our wishes and despite our hopes.

就是这样的。

家务活的抚慰

我妈的爷爷，当年从三河县进京打工，泥瓦匠，凭着一把瓦刀在北京城挣了两套四合院。生了三个儿子，从三河县说来三个儿媳妇。三河县的妇女，有进京当老妈子的传统，吃苦耐劳。我姥姥就是个典型。我姥姥七十多岁的时候，舅舅们商量着，给老人家请一个保姆，小保姆不到二十，到了姥姥家，没事儿就坐床上看电视，还是姥姥做饭收拾屋子。舅舅们说了，请保姆是来伺候您的，怎么您还老干活儿呢？姥姥说了，人家不到二十，在家还是个孩子呢，还是我照顾她吧。于是舅舅们只好把保姆辞了。我姥姥把家里收拾得干干净净。可惜，我妈没有从我姥姥身上继承下这种优良品行。我妈是家里第一个大学生，有了点儿知识，据称是“油瓶子倒了都不带扶的”，到我这儿，更忘本了，劳动人民的优良品德所剩无几，倒沾染了许多小资产阶级的臭毛病。

你的舅妈送给你一个银勺子做礼物，我摆弄着那个银勺子，如同狄德罗得到那件精美的睡袍。想当年，有人送给哲学家狄德罗一件做工考究的酒红色睡袍，狄德罗非常喜欢，穿着睡袍在家里转悠，然后觉得家具配不上他的睡袍，地毯也显得太粗糙，于是把起居室和卧室重新装修了一遍，以符合睡袍的品位。我拿着这个银勺子呢，就琢磨，要是家里能有一两件银器就好了，有个咖啡壶或者茶壶，再来个奶罐，该多美。其实，现代人用点儿塑料的、不锈钢的餐具就不错了，乔治·杰生的不锈钢餐具叫Living系列，他的银器呢，价格惊人，应该叫“不过了”系列。我跟你娘说，啥时候我也能买几件银器啊，能让大壮传给他儿子。你娘说，银器伺候起来太麻烦，得天天擦。我说，我愿意擦！你娘翻了个身说，你先把地擦了吧！于是，我就买了个扫地机器人。

雪瑞·孟德森女士，写了一本书叫《家事的抚慰》，全书上下两册共一千页。她先从餐厅讲起，说餐厅应该只有三种家具，餐桌、椅子、餐边柜。家里应该准备两套比较精致的餐具，在家族较为正式的晚宴上，把餐具搭配好会让每个人心情愉快。家里还应该有两套银器，这种高雅的东西有不可替代的魅力。我翻看这一章，想着平安夜，我买一棵圣诞树，装上小灯泡，餐桌上摆上银烛台，水晶酒杯闪着光。正美滋滋的，你娘喊：“快看看你儿子，把卫生纸都扔马桶里了！”每次你做了什么好事，你娘就说，看，我儿子多聪明！每次你弄糟了什么，你娘就冲我喊，快看看你儿子！你具有一定的行动能力之后，就在教育我，不要想入非非了，先跟在我屁股后面收拾屋子吧。你拿起书架上的书，抓住书脊开始抖落，看书页里有没有金叶子掉出来，没有，就把书扔到地上。你打开家里的抽屉，把里面的东西一件件扔出来。你坐在儿童餐椅上，把碗和勺子都扔到地上，看看自由落体是怎么回事。

以往，我觉得家里乱点儿就乱点儿吧，找一个周末一并收拾干净不就完了。这想法实际上是自欺欺人。《家事的抚慰》中提到了“破窗理论”，一把阅读椅，只要你往上面扔一本杂志，接下来就会有一件睡衣、一双袜子扔到上面，家里的混乱就是这样从一个角落蔓延开去，弄得不可收拾。作者孟德森女士说，一天必须收拾两次屋子，一次是早餐后，将厨房与餐厅打扫干净，然后出门上班，想着洁净的家在等你回来；一次是入睡前，将家中的物件各归其位，这样早上在窗明几净的环境下清醒过来，会得到极大的安慰。

这本书的开场白里，有这样动人的一段：“当母亲的爱展现在柔软的沙发垫、干净的床铺、好吃的食物上；当她的记忆力表现在家中永远充足的食物与生活用品；当她的智慧体现在有条不紊、健康干净的居家环境；当她的巧思流露在家中的空气和光线里。整间屋子都成了母亲躯体的延伸，彰显她的存在，而她对家人的深深情感，也透过家事具体表现了出来。”其实呢，一个职业女性要照顾好孩子，再把家里收拾干净，再做饭，那是不可完成的任务。再加上一个保姆，也还是不可完成的任务。我开始干家务活儿，很快发现，一个孩子居然能生产那么多垃圾，原来家里是一个小垃圾筒，很快就换成了一个大垃圾桶，用七十厘米乘八十厘米的大垃圾袋。慢慢地，我能做到随时收拾，吃了饭立刻刷碗，桌子脏了立刻擦，这是一种行为训练，一旦养成随手收拾的习惯，就会更加注意家庭生活的条理性。

说实话，无穷无尽的家务简直让人崩溃，别说擦银器了，让水龙头光亮没有水垢都不容易。直到你从中找到乐趣，得到抚慰之前，家务活儿都是琐碎繁重的。我阅读《家事的抚慰》这本书呢，是想从理论的高度，学习怎样把家务干好。孟德森女士喜欢列清单，她先把家务活全部列出来，哪些应该每天都干（清理厨房和马桶），哪些应该每周干一到两次（比如洗衣服和清理卧室），哪些应该每个月干（大扫除，清理冰箱下面和床下面的地面），哪些应该半年干一次（清理阁楼和整理书架）。然后她分门别类地细致讲解，该怎样熨烫衣服，叠衣服；各种清洗剂、抹布和拖把该怎么准备；白炽灯什么样，卤素灯什么样，该怎么换灯泡。她用十页的篇幅讲怎么去除沙发上的各种污渍，当血液、啤酒、奶油、口香糖、巧克力、咖啡、碳酸饮料、蜡笔、生鸡蛋、泥土、胡萝卜、果汁、胶水、牛奶、指甲油等等将你的布艺沙发或丝绒沙发弄脏时，你该用什么样的清洗剂来处理，她不厌其烦，一一说明，这种写法，就是要把一套家务活儿程序植入到你的脑子中。如果我能像我姥姥那样，做家务成了自动运行的程序，我才能从中得到抚慰吧。

你喜欢做家务，喜欢锅碗瓢盆，喜欢扫帚和墩布，喜欢浇花，看见大人干什么就模仿。据说这是进化结果，人类会使用工具，人类之子也会对工具感兴趣。希望你长大之后，还能喜欢厨房用具，喜欢扫帚和吸尘器，从家务活儿中得到抚慰。

家庭相册

你有十本小书，用硬纸板做成，撕不烂咬不动。有一天，你翻看《动物》那一册，盯着图片上的猫，然后指向铁蛋，嗯嗯地叫着，这可把我高兴坏了，你知道了铁蛋是猫。再有一天，你翻看《拼音》那一册，看到里面那张闹钟的图片，你站起来，嗯嗯地叫着，伸手去拿茶几上的闹钟。你能从照片中认出爸爸和妈妈，可我们指着照片中的宝贝问，这是谁？你愣愣地看着，嘴角有一丝笑容。一家人围坐，你能指认爸爸妈妈姥姥阿姨，可我们问，大壮在哪里？你的手停住，不知道指向自己。每次看到镜子中的自己，你都上前亲吻一下，却不太明白那个“他”就是你。你还不知道“我”这个词是什么意思，它有点儿抽象，更不知道“自我”和“他者”这样复杂的概念。我，多么天经地义的一个词，却要在认识猫、闹钟、西兰花、菠萝之后，才慢慢知道。

家里有手机，有大照相机和小照相机，一年多来，我们给你拍了上千张照片，上百段视频，而你还无法辨认出照片中的主角是谁。在你出生之后，我和你妈妈翻出各自儿时的照片，要争辩你到底像我们哪一个更多一些。你看，“自我”是多么古怪又强大的一个词。我能找到我一百天的照片，那是在大北照相馆照的，光着屁股坐在沙发上，据说拍完就感冒了。还有一张一岁多的照片，我被表姐抱着，在自家屋前。那个小院子在我的记忆中还算美丽，有葡萄架，有指甲花，有一片向日葵，可翻看老照片，才觉出来，那个红砖砌成的房屋低矮逼仄，像贫民窟。还有一张是我三岁照的，穿着一件还算体面的毛衣。你妈妈的照片也不比我更多，有一张照片，姥姥抱着妈妈，姥姥穿着一件毛衣，上面用汉语拼音写着“丹东”两字，妈妈牙疼，脸肿了，和你鼓着腮帮子的样子如出一辙。当时她们还住在内蒙古，你姥爷当兵，驻扎在阿尔山，一年中团聚的时间很少。有一张照片，是姥姥、姥爷和妈妈、舅舅团聚，姥爷穿着军装，姥姥一脸疲惫，妈妈戴着一个小小的护士帽子。我们翻看这些老照片，得出结论，你还是更像妈妈多一些。我们也追问这些照片的来龙去脉，它前前后后肯定有一些故事，却支离破碎。

爷爷家里有一本老相册，第一张照片就是你爷爷，他穿着西装，打着领带，照片上过颜色，嘴唇红红的，脸颊粉粉的，尺寸也大，比后面那些两寸三寸的照片要大得多。这张照片有一种强烈的戏剧感，让我惊讶。我小时候就问过他这是什么时候照的，他说这是早年间和恩来同志、小平同志留学法国时照的。我还没能力辨别出这是句玩笑，也不知道恩来同志和小平同志都是谁，只觉得这张照片上的爸爸英俊潇洒，不同于凡人。我偷偷把这张照片从相册上取下来，带到学校，给同学看，并且骄傲地告诉他们，这是我爸爸，这是我爸爸留学法国时拍的照片。结果我遭到了一番嘲笑，才意识到我爸爸从未到法国留学，也未曾参与中共的早期建设。“爸爸”也许是你接触到的第一个“他者”，你从亲属的面容中构建出自我，而后又会受到更多的“他者”的影响。我凭这张上了色的照片想象一个更英俊的、更有才华的爸爸。

说来可笑，那个年代家里洗澡还不方便，你爷爷总带着我去他的学校洗澡。有一次，在那个小浴室里，你爷爷滑倒了，圆滚滚白乎乎的一团肉费了好大的劲也站不起来，我在边上哈哈大笑，他的同事斥责我，说你怎么不知道扶你爸爸起来，可我就是想笑，觉得眼前这个笨拙的白胖子实在太可笑了。那一瞬间，我有一些抽离。要过一会儿，我才能确认，那是我爸爸。另有一次，我上高中的时候，坐公共汽车回家，看到我妈妈在街上走，她矮，略胖，姿态有些笨拙，穿着蓝色的衣裤，袖子上还沾着粉笔灰，我那时把学校里所有中年女老师都视为嘲笑的对象，看到我妈妈，忽然意识到她在学校里一定也是被学生嘲笑的对象，那一瞬间，我有一些抽离，并且在心中确认，那是我妈妈。

以前，拍照还不是一件容易的事。相册中的每一张照片都很珍贵。翻看那些照片，我总感到一种悲伤，从很小的时候就能感觉到。以至于我后来很少去触碰那本相册。我眼中看到的是父母成熟的脸，衰老的脸，而相册中保留的是他们年轻的脸。长久的时光被积聚在家庭相册里，被压缩，变得凝重浓稠，打开相册，那里面积聚的时光就开始一点点向外扩散，让我暂时抽离，对时空的感受发生变化，心中有一些东西拉长了，有一些东西僵住了。相册中有一张是我十岁的照片，在香山公园的一个水池边上，我敞开衬衫，露出里面的跨栏背心，双手叉腰，脸上笑着，我自然不记得拍照时的情景，却依稀记得少年时对这张照片的迷恋，他好像很自信，很勇敢，那应该是构建自我的开始。照片似乎总想留住什么，用以对抗时光，它们无一例外地都失败了。你娘面对她五年前的照片，也会说，那时候我多年轻啊，皮肤多好啊。其实你娘有更年轻的时候，她有一本相册，是大学时期的照片，我却极少打开看。怎么说呢？我看我自己上学时的照片，记忆更鲜活一些。而我看你娘的那本相册，却不拥有她那段记忆，看起来觉得更陈旧一些。你看，人们会保留各自的照片，也会保留各自的记忆。有些东西完全地属于“我”，难以分享，难以言说。比如你妈妈保留的一只小玩具熊，红白相间，白色的部分已经泛黄，它和你的泰迪熊放在一起，看上去就比泰迪熊更有故事，只不过它不会讲。

有时，我抱着你，看电脑里的照片和视频，同时我也观察着你的反应。那些连拍的照片还未取舍，那些失焦的照片也未删去，你茫然地看着，看着自己的湿疹退去，看着自己坐起来，站起来，看着自己在一个夏天早上昂首阔步地走着，那是我用手机拍下的慢动作，你坚定地走过来。很快，你就会明白，那就是你。

《小猪佩奇》有多少集

你打开电视，把遥控器交到我手里，让我找出《小猪佩奇》，然后坐下，盯着电视看，时而会露出笑容，好像能看懂。就这样，我陪着你看了好多集《小猪佩奇》，一只粉红色的小猪，和她的弟弟乔治，爸爸妈妈，一起过着快乐的生活。五分钟一集，我们很快就看完了一百五十多集，没有新剧集出来，我们就翻回去再看。我记不清我已经看了几遍，有几集印象深刻，比如猪爷爷的堆肥和兔爷爷的灯塔。但对你来说，重复不是什么问题，这一百五十集相当于一千多集或者一万多集，总也看不完。等待第五季更新的时候，我试着给你写一集佩奇与乔治的故事。

话说这是个周末的早上，佩奇要去游乐场玩，而乔治要去博物馆看恐龙，姐弟两个发生了争执。佩奇说，你上个礼拜看过恐龙了，所以这个周末要去游乐场。乔治说，我没看过，我是一年前看的恐龙，已经一年过去了，我要再去看看恐龙。佩奇说，你看过，你就是什么都不记得了。乔治哭了，眼泪喷射出来，我没看过！佩奇有点儿慌了。她跑过去跟妈妈说，乔治的脑子出问题了，他搞不清楚一周前和一年前的区别，他也不会记得上个月都干了什么，他没有时间观念！妈妈先去安慰乔治，止住了他的哭声，问他，我们上周去博物馆看过恐龙，你还记得吗？乔治眨眨眼睛，摇头。佩奇的话匣子立刻打开，她问，你一岁生日的时候，猪奶奶给你做了一个特别大的巧克力蛋糕，你还记得吗？乔治摇头，不知道姐姐在说什么。佩奇接着问，你两岁的时候，不愿意去剪头发，一直梳着小辫子，你记得吗？乔治摇头。佩奇拉着妈妈的手，你看你看，乔治什么都不记得了。

这个周末，他们先去了博物馆，看了恐龙展览。然后又去了游乐园。回家的路上，佩奇说，要是每天都是周末就好了，爸爸就可以天天陪我们玩了。她问弟弟，乔治，你知道还有几天，我们才会迎来下一个周末呢？乔治说，两天！佩奇又急了，她拉着猪爸爸的手说爸爸爸爸，乔治不知道一个星期有几天，也不知道星期六和星期日都是什么意思！猪爸爸开着车，从后视镜里看了看女儿儿子，对佩奇说，你应该教弟弟认识一下时钟和日历，告诉他什么叫作时间。佩奇说，可他什么都记不住。猪爸爸说，你要有耐心，乔治会记住的。

佩奇用纸板做了一个时钟，有时针和分针，她教乔治认识时间，时针指向七点，分针垂直下来，说这是七点半，这是我们起床的时间，再指向八点，这是我们吃早饭的时间。

然后指向五点半，这是爸爸下班回家的时间。佩奇有点儿恍惚，不知道早上八点到下午五点这一大段时间，爸爸在外面忙些什么。她总盼着爸爸早点儿回家，爸爸总会带好吃的回来，有时是一筐新鲜的土豆，有时是一把香蕉，他还会带一张报纸回家，上面有财经版，有体育版，吃过晚饭，猪爸爸会看一会儿报纸，那上面是她还不能理解的事。时针再指向九点，佩奇说，这是晚上九点，这是我们上床睡觉的时间。可她不知道乔治如何才能明白，这是晚上九点，时针转两圈是一天。她告诉乔治，一个星期有七天，一个月有四个星期。可她不知道该怎样让乔治明白，一年有五十二个星期，一个月有时是三十天，有时是三十一天，有时却只有二十八天。

猪爸爸回家了，乔治跑过去迎接爸爸，让爸爸放下皮包，脱下外套。这一天，猪爸爸没有带好吃的回家，也没有带报纸回家，佩奇有点儿失望，她告诉爸爸，我已经教会乔治认识时间了。爸爸说，这很好。但他没有对乔治进行测试。猪妈妈准备好了晚饭，一家人吃饭，然后看电视。到晚上九点，猪妈妈说，佩奇乔治，你们该睡觉了。姐弟两个上楼，乔治忽然问爸爸，我要睡多少时间？猪爸爸说，你要睡十个小时。乔治问，那是一百分钟吗？佩奇很无奈地叹气，她发现自己并没有让乔治记住，一小时是六十分钟。爸爸对乔治说，不，你不是要睡一百分钟，你要睡六百分钟。乔治惊叹，六百分钟！他无法理解这么大的数字，猪爸爸伸出手来，爸爸的手腕上戴着一块手表，他指给儿子看那根细长的指针说，你看这根指针，它转一圈就是一分钟。父子两人盯着那指针，看它悄无声息地转了一圈。猪爸爸说，一分钟过去了，它转六百圈，你就该起床了。乔治盖好被子，心满意足地睡了，他以为时间在不停地打转。佩奇还不肯睡，她问，爸爸，为什么时间这么复杂，一会儿是六十进制，一会儿是二十四进制。猪爸爸挠了挠头，这个问题太复杂了，我们还是以后慢慢说吧。佩奇看得出来，对这个问题，爸爸也没有什么好的答案。她说，晚安，爸爸。

猪爸爸下楼，坐到他的那个老旧的沙发上发愣，猪妈妈问，猪爸爸你还不想睡觉吗？猪爸爸说，我还想等一等。猪妈妈说，你要等什么呢？猪爸爸说，我想看一看时间是怎么过去的？一分钟是怎么过去的？一个小时是怎么过去的？猪爸爸知道，小孩子头脑中的时间，像是一个圆圈，周而复始，源源不断。乔治今天还记不住一个小时等于六十分钟，但他很快就会记住的。乔治忘掉了他一岁时吃的巧克力蛋糕，但他总会记住，猪奶奶给他做了很多巧克力蛋糕，他还会吃到很多巧克力蛋糕。而大人的时间观念是线性的，笔直向前，十年前他从图书馆借的那本《混凝土的美好世界》，混在佩奇的绘本里，一直忘了还回去。好多十年前的事情，他已经忘记了。有时他觉得自己被拉进了孩子们的时间中，每天都在重复，早起的燕麦粥，晚上的土豆。每个周末的博物馆和游乐场，像一个静止的圆圈。从这个圆圈里跳出来，就会发现，逝者如斯，不舍昼夜。这样想了一会儿，也就是一分钟到两分钟，猪爸爸说，猪妈妈，我们也该睡觉了。在这样的动画片中，虽有季节的变化，却没有时间的流逝，剧集也许拍了十年，但佩奇永远在上幼儿园，乔治也总游荡在两岁到三岁之间。

少儿不宜的诗篇

每个孩子大概都会问：我是从哪儿来的？他们会得到千奇百怪的回答。不论父母编一个多委婉的说辞，都有一位英国诗人冷峻地在一旁用他的诗句给出最准确的回答：They fuck you up，your mum and dad. 就像早餐桌上，一个古怪的客人，嚼着三明治，端起咖啡杯，“You know,”他嘴里含含糊糊地说，“they fuck you up, your mum and dad.”这位英国诗人叫拉金，终生未娶，据说四十一岁第一次跟异性交媾。他一生写了几本薄薄的诗集，有一次他和朋友聊天，说《牛津引语词典》会把上边那句话和他的名字紧紧拴在一起，使之成为他最有名的诗句。这个判断大体没错儿。

这首诗的名字叫《这就是诗》，一共十二句：

They fuck you up, your mum and dad.
They may not mean to, but they do.
They fill you with the faults they had
And add some extra, just for you.
But they were fucked up in their turn
By fools in old-style hats and coats,

Who half the time were soppy-stern
And half at one another's throats.
Man hands on misery to man.
It deepens like a coastal shelf.
Get out as early as you can,
And don't have any kids yourself.

拉金有一位编辑叫Anthony Thwaite，这位编辑的妻子叫安，也是个编辑，每年都编一本专门给孩子看的文集。1971年，拉金给Anthony Thwaite写信说：“我刚写完了一首诗，适用于安的下一本文集。”拉金指的就是这首*They fuck you up*。他是在开玩笑，这首诗当然不适合给孩子读，也没有哪一个编辑会把这样的诗编入“给孩子的诗篇”，因为诗中有粗鄙的字眼儿，因为这首诗过于绝望。

这不是给父母的赞美诗。他们生下了你，把他们的失败带给你，在抚养你的过程中，给你更多的挫败感。也不能怪他们，在他们被养育的过程中，也饱经上一辈的摧残。他们想努力给你一份体面的生活，其中有愁苦，也有不甘。一代人就这样将悲惨传递给下一代人，像海边的沙石累积，解脱之道就是尽早离开家，也不要有自己的孩子。

在加拿大的一所大学，有一位老师在课堂上讲这首诗如何用催眠曲的韵律表达出深刻的绝望。学生们很兴奋，男生都举手要求朗诵。唯独一个女孩子羞红了脸。转过天来，这位女生的父亲给英文系主任写了封抗议信，说自己纯洁的女儿上大学可不是来学这样淫秽的东西。系主任找教师谈话，教师花了四十分钟阐述自己为什么要在课堂上讲这首诗。最后，系主任附身过来在教师耳边说了一句话，要看过两本精神分析的书才会猜出来系主任说的是什么。

这世上最看重小孩子的大概就是精神分析那一派，成年人的心理阴影可能都跟他婴儿时吃饭拉屎有关。所以，我找来亚当·菲利普斯的书学习一下。这是位儿童心理学家，却喜欢在书中谈论文学，在他的*Missing Out*一书中，他谈起了拉金的这首诗，他关注的不是那个F开头的字，而是Get out。许多人都在按部就班地生活，但心里有一个逃跑的梦，一走了之，好像就有了更广阔的天地。逃离某个地方，逃脱某种关系，继而摆脱生活中的悲剧，这是一种普遍的幻想，人们总假想，如果我做出另一种选择，把现在忍受的东西都抛弃，那我就能全面掌控自己的未来。人们总以为自己对未曾经历的生活有更多的经验。

我找亚当·菲利普斯的书看，是提醒自己不要用错失的生活来期望儿子。这锅心灵鸡汤和文学评论的乱炖，倒真适合我的口味。他说，每个人在生活的契约中都保留着一个可逃离条款，想有朝一日可以触碰这个条款。在心理诊所里，有太多的人谈论他们未曾经历的生活——要是我当初保持单身会更幸福，要是我换一个居住地生活会更自由，人类最大的幻想就是那些个“未曾度过的人生”。

亚当·菲利普斯开篇就说，未曾经历的人生值得审视吗？这并不是一个怪问题，我们的精神生活很多都是围绕未曾经历的人生展开的，我们所幻想的，我们所渴望的，大多是那些现实生活中所缺席的东西。那些我们觉得自己本该拥有，却因为种种原因错过的人生，使我们思虑。“未曾度过的人生”是一个普遍又复杂的心理机制。无论你怎样努力地要活在当下，那个未曾拥有的人生就像一个无可逃避的存在，那些失去的机会，牺牲掉的梦想，未曾实现的心愿，是心底的一首挽歌。

如今呢，我待在我幻想的未来中，没有太多的缺憾，也没有什么白日梦。我看那些浅显的绘本，识字卡片，帮着儿子认识蔬菜和水果，同时我也知道，成年人渴望通过乌有乡、纳尼亚回到童年的愉快时光，小孩子却把那些奇境当作漫游真实世界的地图。他们真正地活在当下，以为今天失去的机会，明天不会得到弥补。他们也有逃离的梦想，以为自己的许多难题，等长大了就迎刃而解。他们想要一艘船，一个彼岸生活的范例，想要出去，而父母想回归，想得到一个关于童年的抚慰图像。在那个寄托乡愁的奇景之中，人生似乎重又开始，种种可能性都在打开。一切还来得及。

纸上写的希望

你出生的时候，我买了一个笔记本，想用它来记录育儿心得啥的，实际上，我每天记下的不过是你几点吃奶几点拉屎。躺在月子中心的时候，我给你写了第一封信，我最不喜欢我爹跟我唠叨了，不料想我跟你唠叨了这么多。我读了一本育儿书，上面说，父母应该回顾自己的成长过程，我们经历过的问题，可能在面对孩子的时候重演。所以呢，我给你写的信，有一大部分内容都在说我自己，想从我的成长经历中挖掘点儿什么。

有一位作家说，我们记忆最精华的部分保存在我们的外部世界，在雨日潮湿的空气里，在幽闭空间的气味里，在炉火生起的芬芳里，在每一个地方，只要我们的理智视为无用加以摒弃的事物又重新被发现，那是过去岁月最后的保留地。的确有什么东西在我的回忆中被重新发现了。我小时候住的那个房子，门前有一个小院，院子里有一架葡萄，有几棵向日葵，有一片指甲花，有一扇歪歪扭扭的木栅栏门。我在那一片向日葵中间的土地上挖了一个坑，埋下去几块砖，盼着能长出更多的砖。我爸爸说，有了足够的砖头，我们就能盖一间小厨房了。那几棵向日葵，对我来说，像一片茂密的林子，我站在当中，望着家中的灯火。那是我第一次从外部打量我的家。有一个下午，天降大雨，雨水从外面灌到屋里，我和我奶奶用土簸箕往外淘水，淘出去多少水，就还有多少水灌进来。天色灰黑，大雨没有停歇的意思，砸到地面上，激起无数的水花，我赤着脚，为这个异常天气而兴奋。等雨过天晴，我们找来了好几块砖头，砌了一个高高的门槛，抹上了灰色的水泥，平整漂亮，再也没有雨水灌进来。

那时候我已经能辨别每一户人家不同的气氛。我大姑家过于严肃，一进门有一张桌子，桌上有一个大玻璃瓶子，装着白开水。还有白色钩针桌布，垂下流苏。里屋两张床非常整洁，像是没人睡过。我和我爹在那里总是待不到半小时就告辞。相比之下，我更愿意去二姑家，要坐火车到良乡站，再走上四十分钟，路上能看到田地，二姑总给我们准备红薯和玉米，不断有哥哥姐姐嫂子姐夫来打招呼，他们都住在那个村里。

姥姥家住在白塔寺，寺庙整天大门紧闭，只能远观巍峨的白塔，上面有大大的铜铃，风吹过，就叮叮作响。从和平里南口坐13路汽车去白塔寺，那是我最熟悉的一条线路，地坛、雍和宫、国子监；北新桥路口有一个冷饮店，里面卖杏仁豆腐；十二条那里有一个火车售票处；然后是张自忠路、宽街、地安门、北海、厂桥、平安里、西四。姥姥家门口有一棵枣树，到夏天，舅舅拿着一根竹竿打枣，院子里还有一棵杏树，却从来没有果实。有许多盆栽的鲜花，有大石榴，有一个金鱼缸。姥姥总给我烙肉饼吃，还有一种特别的食物叫咯吱盒儿，用面粉、胡萝卜丝和白萝卜丝做的，只有春节能吃到。腊月二十八，姥姥就会炸好多咯吱盒儿，用几个脸盆装着。许多个除夕夜我是在我姥姥家度过，她张罗一大桌子菜，吃完饭放鞭炮，看春节晚会。到了后半夜，我们几个孙子横七竖八地躺在床上，姥姥就守在八仙桌前。我睡眼惺忪地问，姥姥还不睡觉啊。姥姥说，你们睡，大年三十我要熬一宿。姥姥家像是一个乐园，可那里慢慢变得冷清了，枣树和杏树都死了，花儿也没了，只剩下一架葫芦。

城里也发生了翻天覆地的变化。我原来的家，我大姑的家，我二姑的家，都消失了，变成一栋栋陌生的楼房。父母家里还留着一张老旧的餐桌，电镀的桌子腿儿还是那么亮，餐桌上堆着越来越多的药盒子。那个给我安全感的家，那个温暖的家，变得有一些压抑。我长大了，要有自己的生活了。我想要过一种不同于父辈的生活，有个性的、浪漫的、不那么负责的生活。我做到了，后来才认识到，这样的生活很容易。而那种夫妻和睦老人健康儿女快乐的看似平常的家庭生活是最不容易的，要付出极大的努力和耐心。

我是学着当爹，你妈也是学着当妈。我们要做传统的中国家庭里的儿女，同时学着做西式的讲究平等的父母。我们会给你一个舒适的家，力求体面一点儿，讨你欢心，也让自己开心，家里有花，挂上我们喜欢的画，有餐具，水晶和瓷器，有小三轮车，滑板，有琴。我们努力给你营造一个好的环境。有一本育儿书是这样说的，不要像一个木匠似的对待孩子，总想把他打造成一把椅子或者一个凳子，要当一个园丁，给孩子一个好的环境，任由他自在地成长。这就是所谓“木匠与园丁”的理论，老一辈人总是要当木匠，我小时候犯了什么错误，你爷爷就说，朽木不可雕也，粪土之墙不可圬也。我不会对你说这样的话，我希望你时刻都能感到家是安全的，父母是爱你的。遇到什么事，我们都会帮助你，不要有任何疑虑。当然，我也知道，你长大以后，有些事情不会和我们说了，有些东西会与我们的期待相反。不过说实话，我还不为这些焦虑，我现在每天都很高兴，听你学会了一个新词就高兴，跟你一起泡在浴缸里就很高兴。这是一种动物似的快感，人呢，和一群耗子也没什么区别，总要穿过迷宫，去找放在出口的蜜糖。

有一天晚上，我没睡在你身边，半夜听到你大哭。跑过去一看，你妈抱着你站在地上，你满嘴是血，床单上也有一摊血。你从床上掉下来了，床边搁着一个落地灯，底座是铁的，你摔在那上面了。你妈一边踹我，一边安抚你。她说，你的牙摔掉了。你紧紧搂着妈妈不撒手，我们给你披上一件外套，抱着你去医院。到了医院，进了急诊室，你妈把你按在床上，医生检查了一下，说只是嘴角磕破了，估计会肿两天。医生给你清理伤口，妈妈问，我儿子多疼啊，有什么药吗？医生说，疼肯定会疼，吃两个冰激凌就好了。我听了这话就放心了。随后的两天，你的脸真的肿了起来，看上去是歪的，我下班回家，你就歪着脸仰望着我，让我抱。我又是心疼又觉得可乐。

我参加工作那年，认识了你黄大爷，他那年刚得了一对双胞胎儿子，每天精神抖擞地工作，给儿子挣奶粉钱。嗖的一下，二十多年过去了，前些日子我碰见黄大爷，他说两个儿子都大学毕业了，一个要去日本留学，一个要去英国留学。其中一个儿子，暑假去看摇滚演出，大概是郊外的音乐节，现场用围栏围着，小伙子翻越围栏去买水，不小心撞到铁栅栏上，把牙磕掉了一块，所以出国留学前要先去补牙。黄大爷说这段的时候，龇牙咧嘴，像是自己的牙被磕掉了一块似的。我能体会父母对儿女身体发肤的关爱与怜惜。可孩子总是会摔跟头，总是会遇到点儿麻烦，那就摔得轻一些吧，吃两个冰激凌就能好。能避开那些特别大的噩运，就是最好的运气了。

我这些信，起初全是生命的喜悦，后来流露出了一些伤感，一些悲观。我遇到过一些委屈，也遇到过许多快乐，我没经过什么大事，不过看了几本文学书，我把书本上的经验和现实生活中的经验讲给你，像打开积攒多年的宝贝盒子：儿子，过来，不怕你笑话，给你看看。这些信里说的，似乎有前因后果，有逻辑链条，青少年时的遭遇影响了后来诸如此类的，可真实的人生不是这样的，它缓慢，混乱，没有那么强的逻辑，有很长一段时间摸索不出答案。我能清楚地记得十六岁、二十四岁、三十多岁时以及四十岁以后的不同的迷茫。我有点儿老了，其中一个特征就是，对我来说，悬念越来越少。以往，一个好电影一场球赛，对我都是悬念，我特别想知道它怎么发展。现在我不太关心了。我最关心的是你，你吃得怎么样？睡得怎么样？你会喜欢幼儿园吗？你会喜欢读书吗？你狼大爷说，别瞎操心，孩子都自带剧本。我特别想知道，你的那个剧本是怎么发展的。

有一个电影里有这样一句台词，希望是个好东西，没准儿是最好的东西。我相信，在你的剧本里，你会写下成千上万的希望。但在这些信里，我一直避免使用“希望”这个词，因为不加控制的话，这个词就会被我用上一百次甚至更多。我的确是满怀希望的，每一个心底的希望，伴着更多无声的祈祷。生机勃勃又小心翼翼。